おいしい旅

想い出編

秋川滝美／大崎 梢／柴田よしき／
新津きよみ／福田和代／光原百合／矢崎存美
アミの会＝編

角川文庫
23249

目次

あの日の味は

柴田よしき

柴田よしき（しばた・よしき）

東京都生まれ。一九九五年『ＲＩＫＯ―女神《ヴィーナス》の永遠―』で第十五回横溝正史賞を受賞。以後伝奇小説、本格推理小説、時代小説など、幅広い作品を発表している。主な著書に『激流』『聖なる黒夜』『あおぞら町　春子さんの冒険と推理』、「ＲＩＫＯ」シリーズ、「お勝手のあん」シリーズ、「高原カフェ日誌《ダイアリー》」シリーズなど。

1

新幹線を降りると、美奈《みな》は思わずコートの襟を立てた。寒の戻りなのか、それとも京都の今頃はこんな気温なのか、春物のコートでは心許《こころもと》ない。手に提げたボストンバッグの中にはセーターが一枚入っている。コンコースに降りたらトイレに入って、ブラウスの上に着た方が良さそうだ。

三月半ば。自宅を出たのは午前七時頃だったが、これほどの寒さは感じなかった。電車に乗ってしまえば、乗り換え二回を経て東京駅に着くまで、車内暖房が暑いと感じたくらいだ。

京都の三月がどんなふうだったのか、もうすっかり忘れている。

旅人としてではなく、地元民として京都で暮らしていたのは、ひと昔前のこと。埼玉で生まれ育って高校を出て、第一志望の東京の私大を落ちた。その時、なぜか第二志望は京都の私大にしていた。入試が東京でもできたから、半分は「なんとなく」受けた大学だったけれど、京都で暮らすことに憧《あこが》れがあったことも事実だ。結局その京都の私大に進学し、そのまま京都で就職した。バブル景気の頃だったので、就職に苦労はしなかった。とは言え、そう大きくはない印刷会社の事務員で、給料は決して高くはなかった。

今でもおそらくそうだろうが、当時から京都は家賃が高かった。家賃の高さが取りざたされる東京と比較しても、そんなに違わなかったと思う。学生の頃は寮で暮らせたので問題はなかったが、卒業したらどこかに住まいを借りなくてはならない。就職したのは確か一九九二年、バブル崩壊は一九九一年から始まったとされているが、直前までのバブル景気で不動産価格は高騰し、つられて家賃も上がっていた。バブルが弾《はじ》けて不動産価格が暴落しても、一度上がった家賃まで簡単に下がったりはしない。今では事情が変わっているかもしれないが、当時の京都では、敷金の他にそれと同額ほどの礼金を払う習慣が一般的で、部屋を借りる為に必要な初期費用に金がかかった。退去する時にも礼金の返還はされないし、それどころか、敷金もなんだかんだと差し引かれてあまり戻らないことが多かったのだ。勤めた会社には家賃補助の制度があったが、独身者の場合は月に二万円しか出なかった。それを足したとしても、安い給料で余裕を持って払える家賃では、オートロックすら付いていない古いワンルームが精一杯。女の一人暮らしにセキュリティが心許ないところは辛《つら》い。かと言って、オートロック付き、宅配ボックス付きのそこそこのワンルームなど借りたら、生活費が足りなくなる。

　そんな時に見つけたのが、花園《はなぞの》会館、だった。


　なぜ、会館、と名が付いているのかはよく知らなかったが、建てられた当時はどこかの団体組織が使う目的があったのかもしれない。が、昭和《しょうわ》三十年代に大家さんの父親が買い取って、中をアパートに改造したらしい。当時から女性専用アパートで、主に京都の大学に通う女子学生たちが住んでいたようだ。美奈がそこで暮らし始めた時、すでに築六十年は経っていたが、外側は雰囲気のある洋館で、壁を這《は》う蔦《つた》や前庭に咲き誇る桜が素晴らしかった。今でも花園会館のことは、細かなところまで思い出すことができる。

　玄関には靴箱があり、住人も来客も靴を脱いでスリッパに履き替える。そこを入ると古いソファやアンティークの家具が並んだ小さな部屋があった。そこまでは、住人でなくても入ることができる。だがその部屋の奥のドアから先は、住人以外立ち入り禁止。この規則は絶対で、親やきょうだいであっても管理人の許可がなければ認められない。オートロックよりずっと安全安心な仕組みだった。管理人は当時の大家さんの娘さんで、三十代の女性だった。名前は……えっと……遠藤《えんどう》、確か、結子《ゆうこ》さん？

遠藤さんは花園会館の一室で生活していて、土曜日曜以外はずっと管理人としての仕事をしているようだった。

ドアを抜けると、艶々《つやつや》とした古い板張りの廊下があり、右側は庭に出る掃き出し窓になっていて、左側に、キッチンと浴室に通じるドアがあった。どちらも共同で、キッチンのガスを使うには十円玉が必要。お風呂《ふろ》は夕方4時から夜の9時までしか入れない。確かに不便だった。が、そんな不便などは気にならないくらい、花園会館での日々は楽しかったのだ。廊下の突き当たりのドアを開けると、その先が花園会館の本館になる。まずは広々とした居間。まるで映画のセットのようだった。絨毯《じゅうたん》はトルコの物だと聞いたことがある。ソファもカフェテーブルも、安楽椅子も、全てがアンティーク。火を入れることはできないけれど暖炉もあった。昔は使われていたらしい。あの頃は、暖炉の中にガスストーブが据え付けられていた。いつもその居間には住人の誰かがいて、思い思いにくつろいでいた。時々、なんとなく集まっている面々でお茶会が始まった。ガス代の十円を出し合い、それぞれが部屋から茶葉やお菓子を持ち寄って。結子さんが加わることもあった。

その居間に二階に上がる螺旋《らせん》階段があり、二階に個室が並んでいた。一番奥に結子さんの部屋があり、そこだけは二間続きでベランダもあった。他の部屋はすべて板張りのワンルーム。小さな洗面台と、トイレは各部屋にあった。個室の数は、六。間借り人はたったの六人だけ。家賃が安く、安心で快適。一度入居した人はなかなか引っ越さない。なので、花園会館を借りることは至難の業と言われていた。

美奈は八条口《はちじょう》から改札を出て、タクシー乗り場に向かった。バスで行けば節約になるけれど、この旅の間は贅沢《ぜいたく》をしよう、と決めていた。

タクシーで十分足らず、高辻通《たかつじどおり》に面した喫茶店の前で美奈は車を降りた。

高木《たかぎ》珈琲《コーヒー》高辻本店。

これと言って特徴のない、いかにも珈琲専門店、といった外観。どちらかと言えば昭和の雰囲気がする。観光客が好んで入るような店構えではない。

ドアを開けて中に入ると、馥郁《ふくいく》たる珈琲豆の香りで思わず深呼吸したくなる。店内はそう広くないので、さっと眺めれば彼女たちがいるかどうかはわかった。

「美奈ちゃん！」

美奈が反応するよりも早く、特徴のある少しハスキーな声がした。村田紗和《むらたさわ》。いや、今の名前は今村《いまむら》紗和。顔だけ見ればあまり変わっていない。切れ長の目に通った鼻筋の美人。髪型はだいぶ変わった。昔は前髪を切り揃えたボブスタイルだった。前に会った時もボブだった記憶がある。今は全体にゆるくウエーブがついたセミロング。

「ムーちゃん！」

美奈は紗和の前に座った。

「すごい久しぶりだね」

「ほんとだねぇ。最後に会ったのって、テラの結婚披露宴だったよね？」

そう、もう十五年も前のことだ。寺脇《てらわき》あずさが結婚を決意し、横浜《よこはま》で開かれた披露宴に出た。

「あれ、テラはまだ？」

「そろそろだと思う。美奈ちゃん、朝ごはんは？」

「さすがに食べちゃったよ、新幹線の中で。東京駅で買ったサンドイッチ」

「なんだぁ。我慢してここのモーニング食べればいいのに。あたしは頑張って早く来て、しっかりモーニング食べました」

高木珈琲のモーニングは何種類かあるが、トーストにスクランブルエッグ、サラダ、ソーセージのオーソドックスなプレートは安心できる味だ。特にトーストが美味《おい》しい。パンも良いものを選んでいるのだろうが、焼き加減が絶妙で、溶けたバターが染み込んだその味は今でも舌が憶《おぼ》えている。

「ムーちゃんは名古屋《なごや》でしょ、うちは埼玉だよ、東京駅まで出るのに四十分だよ。朝ごはん食べないで今まで我慢してたら、お腹すいて動けなくなっちゃう」

美奈は、コーヒーとプリンを注文した。

「あ、ずるい！　あたしもプリン食べる」

「モーニング食べたんでしょ？　ランチまでもう時間ないのに」

「大丈夫、ここのプリンは別腹」

高木珈琲のプリンは、大きくて三角形だ。しっかりと硬めの焼きプリンで、甘みはそれほど強くなく、カラメルの苦味が心地好《よ》い逸品だ。コーヒーはもちろん美味しいのだが、美奈はコーヒー党でも通でもないので、ただ、美味しいな、いい香りだな、と思うだけ。観光客にも有名な、イノダコーヒで働いていた人たちが独立して始めたのが高木珈琲だと聞いたことがあるので、コーヒーも同じ系統なのだろうが。

「でも、三人集まれて良かったね。コロナ収まってないし、無理かと思ってた」

紗和の言葉に美奈もうなずく。

「ほんと。なんとかワクチンは三回目打ったけど、打ってても罹《かか》るらしいもんね」

二人とも、プリンやコーヒーを口に運ぶ時はマスクを外すが、会話の時はまたつける。面倒臭い。

「でもさ、十五年も会わなかったなんて、信じられないね。住むところが離れてしまうって、そういうことなんだろうね」

「埼玉、名古屋、福岡だもんね。テラが結婚した時はまだ、三人とも関東《かんとう》にいたんだったね」

「そう。だからまたすぐ会えるもんだと思ってたのに、うちの夫もテラの旦那《だんな》さんも、それから半年も経たない間に次々と転勤。まさかさ、あたし、名古屋で暮らすことになるなんて想像もしてなかった。なのにあっという間に十五年かぁ」

「京都には来てた？」

「うん、何回か。いつも夫とね。うちの夫、紅葉の頃になると京都でも行くか、って言い出すのよ。懐かしいみたい。でもさ、紅葉の頃ってものすごいじゃない、観光客で。どこ行っても混んでるんで、あたしはあんまり好きじゃないな。長いこと暮らしてたのに、あの頃だって京都の紅葉なんか見なかったよね」

「そうね、京都に住んでた頃は、連休には神戸《こうべ》だの岡山だの、夏季休暇は北海道だのって、京都を脱出してた気がする」

「でも外で暮らしていると、行きたいなって思うのよね、京都。……あっ、テラ！」

紗和が入り口に向かって手を振った。

寺脇あずさ、いや、今は中村《なかむら》あずさ、だ……彼女は変わっていた。昔の面影がないとまでは言えないけれど、十五年前と比べてサイズが二つくらい大きくなっている。相変わらず大きな目だったが、顔全体もかなりふっくらしているので、昔ほど目ばかり目立つ顔ではなくなっていた。ただ、羨《うらや》ましいほどに若く見える。もともと童顔だったが、ふっくらと太ったせいで、余計に幼い雰囲気になっていた。

「ごめんなさい、遅くなっちゃって」

テラは座るなりアイスティーを注文した。テラは昔からマイペースだった。珈琲専門店でもアイスティー。

「久しぶりだねー。美奈もムーちゃんも、元気だった？」

しばらく三人で互いの近況を報告し合う。三十分ほど経ったところで、紗和が腕時計を見た。

「そろそろ開くんじゃない？」

「正午開店、ってネットで調べたけど。でもさ、昔も昼間、やってたっけ？　あたし、夜しか行ったことなかった気がする」

「だって昼間は働いてたんだもの、あんなとこまでお昼食べに行かれないじゃない」

「あ、そうか。我々、三人とも労働者だったんだもんね」

「その言い方、ムーちゃんは専業主婦が長くて、昼休みが一時間しかない生活は忘れました、って感じだねえ」

「そんなこと言って、美奈なんか家で仕事してるんでしょ。ランチに行こうと思えばいくらでも行けるじゃない」

「家で仕事してると、ランチタイムなんていちいち気にしてないのよ。仕事が一段落した時に時計見て、あ、もうお昼過ぎてる、何か食べなくちゃ、って冷蔵庫開けて、残ってるものを口に詰め込んでおしまい。バナナだけとか、面倒なのでグラノーラに牛乳かけただけ、なんてこともしょっちゅう。外に食べに行こうなんて思わないなぁ。外に行くとなったら、いくらマスクで隠れるからってファンデーションくらい塗らないとって思うし、寝間着代わりのスウェットのままで出歩いたら近所の人に見られて恥ずかしいでしょ、化粧したり着替えたりすること考えたら、面倒で。それにうちの近所には気の利いたランチが食べられる店なんてないのよ。駅前にはカフェもあるけど、歩いたら二十分くらいかかるしね」

「作家さんなんて、すごいなあって思ってたけど、案外そんな感じなんだね」

テラが言った。案外そんな感じ、って……テラは昔からこうだ。本人に一切悪気はないけれど、言葉の選び方がなんとなく雑で、イラッとさせられることがあった。マイペースでちょっと無神経、空気が読めない子。でもテラには、そうした難点などどうでもよくなるくらいの美点がある。

テラは、本当に優しい子だった。美奈はそのことを自分が誰よりも知っている、と思う。

「作家って言っても、なんとかかつかつ生活してるだけだからね……埼玉の家を相続しなかったら、家賃払うのも大変だよ」

京都を出ることにした年の春に、公募の新人文学賞で優秀賞を取って作家になった。

と言っても、受賞作が刊行されただけだった。本当なら仕事を続けながら兼業作家でいるべきだった。けれど、どうしてもあの時美奈は、京都を出る必要があった。京都から逃げて、何もかもリセットしなければ生きていけない、そう感じていた。

両親には、作家業に本腰を入れたいから、と言い訳して実家に戻った。以来、子供部屋おばさんと世間で言われる「実家住みの独身女」を通して来た。両親が数年おきに他界して、今は一人。作家業は、決して順風満帆とはいかなかったが、なんとか毎年、本を出せている。生活は楽ではないけれど。

高木珈琲高辻本店を出て、ちょうど走って来たタクシーを拾った。三人で割り勘にすれば、タクシー代もそう高くはない。

「えっと、一乗寺《いちじょうじ》の、あれ、どこだっけ、あそこ」

運転手に行き先を告げようとして紗和が首を傾げた。

「東大路《ひがしおおじ》を北に上がって、北泉通《ほくせん》とぶつかるとこじゃなかった？」

テラの記憶力は信頼できる。が、運転手はカーナビに入力しようとして指を止めた。

「あの、お客さんたち、どこに行かれたいんです？」

「ラーメン屋さんです」

テラが言う。

「天天有《てんてんゆう》本店。運転手さん、知ってます？」

「ああ」

運転手の声が明るくなった。

「知ってます。たまに行きます。支店もいくつかあるけど、本店とは別ものやね」

「やっぱり。ネットで支店は本店と味が違うって出てた！」

テラは納得したような顔になった。

「お客さんたち、どちらからです？」

「あちこちから」

紗和が笑って言った。

「久しぶりに集まったんです。昔、京都に住んでて。天天有も、昔よく行ったんです、自転車こいで。あたしたち、銀閣寺道《ぎんかくじみち》のあたりに住んでたから」

「そうですか。観光客には第一旭《だいいちあさひ》本店がやっぱり一番人気で、天天有本店を知ってるなんて珍しいなと思ったんやけど、京都に住んではったんですね」

「叡電《えいでん》の一乗寺駅からなら歩けるけど、銀閣寺道からだと叡電に乗るのにバス乗らないとならないんで、いっつも自転車で行ってました」

まだ桜の蕾《つぼみ》が固い季節なので、道はそれほど混んでいない。もっとも、新型コロナウィルスのせいで桜が咲いても観光客が増えるのかどうかはわからないが。

京都の昔はどうだった、こうだった、という話を運転手と交わしている間に、目的地に着いた。

「あんなとこにキャンドゥがある。前はあったっけ？」

「他にどんな店があったかなんて、まるっきり憶えてないなぁ。このへんって、今はラーメン街道とか呼ばれるらしいね」

昼の営業は正午からで、店は開いたばかりだった。店内にはすでに数人の客がいたが、行列などはできていない。

懐かしい、とは思わなかった。記憶にあった店内とは配置が違っている気がする。改装したのかもしれない。最後に天天有本店に来たのは、京都を離れる決心をした夜だった。あれは二〇〇三年、もう十九年も前のこと。

チャーシューメン並、麺《めん》硬め、ネギ多め、煮卵なし。ここの煮卵が美味《おい》しくないわけではないのだが、煮卵をトッピングするとチャーシューを二枚減らされてしまう。あの頃からそういうシステムだったのかどうかは忘れてしまったが、テーブルの横の壁に貼られた注意書きにそう書いてある。紗和とテラは煮卵を頼んだ。

頼んだものはすぐに出て来た。見た目は昔のまま。鶏ガラの白いスープに、柔らかくて薄い煮豚がぎっしり並んでいて、多め、と注文したネギがなるほどたっぷり載っている。関西《かんさい》なので、ラーメンのネギも青ネギだ。麺は九州の豚骨ラーメンの麺に似た細めの麺で、硬め、と頼むと適度に歯ごたえが残っている。スープはほんのりと甘みを感じるが、こってりしているようでいて、どろどろはしていないので意外とあっさり感じられる。

変わっていない。この味は確かに、昔のままだ。飛び抜けて美味しいわけではないのに、飽きない味。また来よう、と思う味。銀閣寺道から夜道をせっせと自転車を漕《こ》いで、食べに来てしまう味。

「昔はチャーシューメン頼むのに決心が必要だったよね」

テラが、紅生姜《べにしょうが》を山ほど丼《どんぶり》に入れる。美奈も紅生姜を足した。このスープと麺には紅生姜が合う。

「で、この味が、美奈のもう一度食べたい味、ってことか」

紗和は言って、美奈の顔を見た。

今回、久しぶりに京都で会おうということになって、食事はそれぞれが「もう一度あそこに行きたい」店にしよう、ということでまとまった。今日の昼は美奈、夕食は紗和が決めた。テラは「あたしは嫌いなものないし、京都のお店ならどこでも行きたいのでお任せしまーす」とSNSのメッセージに書いていた。

「会社辞めて埼玉に帰る、って決めた夜に、なんとなく自転車漕いでここまで来て、チャーシューメン、頼んだの。テラがさっき言ったじゃない、チャーシューメン頼むって、あの頃の我々にとっては結構勇気のいることだったって。百五十円高いってだけでも、罪悪感あったもんね。それを一人で頼んで、しかもあの時は確か、並じゃなくて中だった。それを一気に食べた。食べ終わって、ふー、と息を吐いた時に、本当に決心がついたんだ。京都を離れる、って。憧《あこが》れてやって来て、十九歳から三十四歳まで暮らした京都。いよいよお別れなんだな、って、ここのチャーシューメンを食べ納めして実感したというか」

「そうか、美奈はずっと花園会館にいたんだね」

「あそこで暮らしたらもう、他に引っ越そうなんて思わないもん。寮にいた四年間は長く感じたのに、花園会館にいた十一年なんてあっという間だった気がする」

「楽しかったよねぇ、花園会館での暮らし」

紗和の声には、心の底から懐かしんでいる響きがあった。もちろん美奈もそう思っている。テラもそうだろう。あの頃は楽しかった。本当に、楽しかった。

ラーメン店で長居はできないので、食べ終わると席を立つ。ブラブラと一乗寺駅まで歩いて叡電に乗り、出町柳《でまちやなぎ》で地下鉄に乗り換えた。道々、話題は花園会館での日々のことばかりだった。

当時はまだ、ワンルームマンションでもフローリングは少なかった。安価なフローリングは生活音が下に響くのでトラブルの元になる。けれど花園会館の各部屋は板張りだった。しっかりとした厚い板が敷き詰められていた。小さな窓は花の鉢が置ける出窓になっていて、繊細なレースのカフェカーテンが下がっていた。ベッド、テーブル、安楽椅子、チェストの家具付きで、どれも深い艶《つや》を放つ本物のアンティークだった。それらの家具は、花園会館が造られた当時から使われていた物らしい。

住人はたった六人しかいないので、すぐに親しくなった。ムーちゃん、と呼ばれていた紗和は、美奈の三歳年下、美奈が入居する前から花園会館で暮らしていた。女子大に合格して京都に来たが、学生寮に入りたくなくて物件を探していて、偶然見つけたらしい。花園会館は不動産屋に空室情報を流さず、引っ越しする人がいて空きが出た時だけ、『空室あります』と玄関の横に貼紙が出る。美奈も住まい探しに歩いていてそれを見つけ、そのまま飛び込んだ。本当に運のいい者だけが住むことのできる場所だった。

テラは美奈が入居した翌年にやって来た。美奈とおない年で、市内のホテルに勤めていた。なぜか三人はうまが合い、それから七年間、花園会館での日々を楽しんだ。それぞれの部屋や居間でのお茶会、夕飯を一緒に食べに出たり、自転車を漕いでラーメン屋に行ったり。

二十代の女三人でおしゃべりすれば、恋愛の話になることもあった。それぞれに恋をした七年間。美奈も恋をしていた。入社三年目に知り合った、得意先の営業マン。

ムーちゃんとテラになら、会社の同僚にも言えないことを打ち明けられた。四年付き合って、失恋した。

ムーちゃんは大学院に進んで修士課程を終えるまで花園会館で暮らし、神戸の会社に就職して京都を去った。

2

祇園四条《ぎおんしじょう》駅で地下鉄を降りて地上に上がる。以前は京阪《けいはん》四条駅と呼んでいた。祇園、とつけたのは観光客によりわかりやすくする為だろう。四条通は地元の京都民も集まる繁華街だが、四条大橋を渡った東側は観光客が特に多くなる。

「わあ、着物の若い女の子、多いねえ！」

「宿でレンタルできるらしいよ。着付けもしてくれて」

「あ、だからか。みんな今っぽい着物ばかりだね。普通の小紋とかじゃなくて」

「昔は、舞妓《まいこ》さんになれます、みたいなサービスあったじゃない」

「あった、あった！　なんちゃって舞妓さんが歩いてたよね、円山《まるやま》公園とか。あたしたち、京都に住んでたのにそういうのってやったことなかった」

「そりゃそうだよ、観光客じゃなくて地元民だったんだから。舞妓さんのかっこなんかして歩いてて、会社の同僚とかにばったり会ったら大笑いされちゃうじゃない」

「今はどこからどう見ても観光客なのに、舞妓になりたいなんて言ったら頭おかしいのかと思われちゃうねー」

「舞妓どころか、芸妓《げいぎ》でも無理でしょ。置屋の女将《おかみ》さんならなんとか」

笑いながら歩く。きっと道行く人の目には、京都観光に来たおばさん、としか映らないだろう、あたしたち。でも三十年前のあの日は、あたしたち三人とも、確かに若かったのだ。あたしたちにも二十代の日々があった。花園会館の部屋で、居間で、日々の細かなことに悩んだり笑ったり、期待したり裏切られたりしながら生きている日々があった。

「長楽館《ちょうらくかん》でも行ってみる？」

長楽館は円山公園の中にある洋館で、レストランやカフェ、ホテルがある。明治《めいじ》の終わり頃に建てられた迎賓館で、当時の面影をそのまま残す外観や内装、インテリアがロマンチックだ。昔から、長楽館のカフェは若い女性の憧れだった。観光客だけでなく、地元民の女の子も、デートに長楽館のカフェで待ち合わせしたりしていた。

「混んでるんじゃない？　前に来た時に夫と行ったんだけど、一時間近く待たされたよ」

紗和が言った。

「しだれ桜がもう咲き始めてるらしいしね」

円山公園のしだれ桜は、ソメイヨシノより少し早く咲く。

「じゃ、葛切《くずき》りだ」

テラが言った。

「食べようよ、葛切り」

葛切りならば鍵善《かぎぜん》。四条通沿いにある老舗《しにせ》の和菓子店鍵善良房《よしふさ》は、奥に喫茶コーナーがある。

こちらも人気店なので時間帯によっては待たされるが、運よく席は空いていた。

葛切りは、黒蜜《くろみつ》と白蜜が選べる。白蜜の方がさっぱりとしていて食べ易いけれど、葛切りのむっちりとした独特の舌触りを堪能《たんのう》するなら黒蜜の方がいいかもしれない。

美奈は黒蜜の葛切りとグリーンティー、紗和は白蜜におうす、テラは黒蜜におうすを注文する。

「チャーシューメンから一時間経たずに葛切り。もうこの歳になると、カロリーなんか気にならないね」

「ムーちゃんは昔からスリムで、そのくせ一番食べてたじゃない。羨《うらや》ましいよ、太らないって」

「それがさすがにそうもいかなくなってきたのよ。あたしも正直、自分は太らない体質だってたかくってたんだけど、五十過ぎたら完全に体質が変わっちゃった感じ。9号どころか、最近は13号でもきついんだから」

「うそ。全然見えない」

「もう着瘦《きや》せの鬼になってる。きつきつだとかえって太って見えるから、大きめ買ってね、いろいろごまかして着瘦せして見えるように必死よ」

「それでも瘦せて見えるからいいじゃない。あたしはもう諦《あきら》めた。甲状腺《こうじょうせん》の薬飲んでた時に副作用でパーンと膨れちゃって、甲状腺の方は治ったんだけどいくら頑張っても瘦せないんだもん」

テラはふう、とため息をついた。

「病気が治ったんだから、それ以上の贅沢《ぜいたく》は望まないことにしたの。あたし、結婚遅かったでしょ。子供はもちろん諦めてたけど、結婚してからなんだかんだと病気になってばっかりで、夫には申し訳ないなあ、って思ってるの。なので今は、とにかく低空飛行でもいいから元気に暮らしていければそれでいいや、って」

いろいろ、あった。美奈はあらためて思った。あたしたち三人、京都を出てからいろいろあったね。

葛切りの味は昔のままだった。なめらかなのにどこか官能的な舌触り。むっちりとしているようでいて、つるんとしている、不思議な喉越《のどご》し。黒蜜の濃厚な甘みと独特の香りが、葛切りを包んで喉へと落ちていく、この快感。グリーンティーにはガムシロップが添えられているが、葛切りと一緒に飲む時は甘みはいらない。冷たく清々《すがすが》しい苦味と自然な茶葉の甘さで充分だった。

紗和は神戸で暮らすようになっても、たまに花園会館に顔を出してくれた。けれど二年後、結婚して東京に行ってしまった。テラは一度転職したけれど、ずっと京都で暮らしていた。でも紗和が結婚したさらに二年後、テラは家庭の事情で実家に戻った。実家は確か、岡山だった。親友二人と遠く離れても、美奈は京都で暮らし続けた。そして小説の新人賞をとった年に、花園会館を出て埼玉に戻った。

携帯電話の番号も知っている。メールのやり取りもあった。SNSが隆盛になってからは、そうしたものでも繋《つな》がりは持っていた。けれど、花園会館で暮らしていた頃のようには、もう親密になることはなかった。十五年前にテラが結婚した時、横浜のホテルで会ったのが最後になった。その時は三人、その気になればいつでも会えるくらいの距離に住んでいたのに、会おうね、と言ったまま会うことはなく、やがて紗和の夫が名古屋に、テラの夫は福岡に転勤になって、あるゆる意味で三人は、離れ離れになってしまった。

若い頃の友達とは、そういうものなのだろう。日々の生活に追い立てられているうちに、会いたいね、という言葉は形だけになっていく。

葛切りを食べながら、話題はいつの間にか持病のことになってしまった。更年期障害を何とか乗り越えた三人だったが、五十代にもなれればどこかしら、体に不調は抱えている。そんな話題で盛り上がること自体が哀れと言われればその通りだ。けれど、互いの弱い部分を見せ合うことは、互いの「今」を理解する近道なのも確かだ。

テラは甲状腺機能低下症で何年も苦しみ、薬の副作用で体重の管理も難しくなって大変だったらしい。紗和は子宮筋腫《きんしゅ》がひどくなって二年前に手術し、ホルモン治療中だと言う。美奈は作家仕事にはつきものの腰痛と睡眠障害を抱えている。花園会館にいた頃は、こんな話題が出たことはなかった。三人とも、若いということの本当の価値を知らずにいた。それを知らずに謳歌《おうか》できることが、若さの特権だったのだ。

新型コロナのまん延防止等重点措置のせいなのか、鍵善の喫茶コーナーは五時で閉店だった。ディナーの予約は六時、一時間ある。三人でぶらぶらと、鴨川《かもがわ》沿いに歩いた。三条《さんじょう》を越え、二条《にじょう》大橋東詰めも越え。喋《しゃべ》りながら歩いていると、時間も忘れてしまう。

冷泉《れいせん》通のあたりに児童公園があった。誰もいない砂場と滑り台。なんとなく、公園に入ってベンチに座る。

「あたしね」

紗和が言った。

「やっと決心、ついたんだ。やっぱり、離婚することになると思う」

「お子さんたちは、なんて？」

「もう二人とも大人だもの。娘は結婚して札幌《さっぽろ》でしょ、孫もいるし。息子も就職して茨城、二人とも名古屋に戻るつもりはないから、実家がなくなっても困ることはないのよ。夫婦で話し合って決めたことなら反対はしない、ってスタンス」

「ムーちゃんの生活は大丈夫なの？」

「細かいことはこれから話し合いになるけど、今住んでる家は売ることになると思う。ローンは終わってるから、売ったお金を折半、かな。あたしは名古屋にいるつもりないし、夫も男一人で一軒家は持て余すもんね。どちらが悪いって話でもないから、慰謝料とかは考えてないけど、預金とか夫の退職金とかも折半して貰《もら》えば、まあ生きていけるくらいのお金にはなるかな。幸い、実家もあるし。実家の親は、面倒見てくれる娘が戻って来るならって、ちょっと喜んでるみたいだし」

紗和は苦笑いした。

「ただ専業主婦が長いんで、年金が少ないのよね。貰えるまでまだちょっとあるしね。パートか何かで働くことにはなりそう」

離婚の理由については、美奈もテラも訊《き》かない。紗和が離婚を考えていることは、今回の京都旅行の打ち合わせをＬＩＮＥでやり取りしている間に、なんとなく知っていた。詳しく知りたい気持ちはあるけれど、紗和が話したいことなら話してくれるだろうし、話さないことなら訊くべきではない。

本当に、いろんなことがある。生きていると。

テラはここ数年、夫の親の介護に明け暮れていたようだった。九十代の義父母二人を見送って、ようやく身軽になったのだ。今回の旅行も、テラの発案だった。

日が落ちてゆりかもめの姿も消えた。

「あ、まずい。歩いて行ったら六時過ぎちゃう」

テラが腕時計を見る。美奈は気づいた。ブルガリ。

テラは一回りも年上の実業家と結婚した。相手は再婚で、その当時すでに所帯を持って独立している息子がいたはず。ふくよかな体を包んでいる服は、オーダーメイドかもしれない。どこにも無理なラインがなく、自然にテラの体にフィットしている。

「川端《かわばた》通を流してるタクシー、あるんじゃない？」

紗和が言ったので、信号を渡る。すぐに南に向かうタクシーが拾えた。車に乗ってしまえば四条京阪まで十分もかからない。

予約していた店は、昔からある古いビル、鴨東《おうとう》ビルの六階にあった。エレベーターも昔のままだ。狭くて、ガタガタと音がする。

ウクライナ・ロシア料理店、キエフ。

いったいどのくらい昔からある店なのだろう。初めてこの店に来たのは、会社勤めを始めて間もない頃だったはずだが、その時でさえ、店はすでに老舗《しにせ》の貫禄《かんろく》を見せていた。

窓際のテーブル席に案内される。南座《みなみざ》のあかりが見え、鴨川の水面《みなも》に映る街の光が煌《きら》めく。東京の高層ビルからの夜景とは比較にならないけれど、このささやかで手の届く感じがする夜景が、昔から好きだった。

「妙な感じにタイムリーな選択になっちゃって、ごめんね」

紗和が小声で言う。紗和がここで夕飯が食べたいと提案した時には、まさか、ウクライナで戦争が始まるなんて想像もしていなかった。それもロシアが仕掛けた戦争が。

「逆に、いいんじゃないかな。一日も早く戦争が終わって、ウクライナにもロシアにも静かな日々が戻ることを願って、ここで食べるのも」

キエフ。今まさにロシア軍に包囲されようとしているウクライナの首都の名前を冠したこの店は、ウクライナ料理、ロシア料理、それにジョージアの料理を出している。価格も味も手頃で親しみやすく、ここで食事をするとなぜか、とてもホッとする。

「せっかく京都で三人、会ったのに、食べたいものがラーメンとロシア料理って、ちょっとおかしいね」

紗和が言って笑う。美奈は、でもいい選択だよ、と思う。私たち三人は、観光客ではなかった。京料理が食べたいなんて思ったこともなかった。普通に二十代で、働いたり勉強したりして、恋愛して、デートして、美味《おい》しいものを食べに行った。この町で暮らし、この町で生きて、この町が私たちの青春だった。

キャベツの酢漬け、胡瓜《きゅうり》の酢漬け。鰊《にしん》。前菜と一緒に、一杯ずつウォッカを飲んだ。赤ラベルのストリチナヤ。花園会館の冷蔵庫の冷凍室に、いつも一本入っていた。冷凍したウォッカはいつも紗和が飲んでいた。冷凍するとウォッカは濃度を増してとろりとする。舌の上でそれが溶けると、カッと体が熱くなる。

ボルシチも懐かしい味だった。綺麗《きれい》な赤い色はビーツの色。さらりとしていて、独特の風味がある。

ピロシキも、昔のままに思えた。本当のところ、昔の味、を正確に記憶しているわけではない。ただ。この店のボルシチもピロシキも、とても食べやすく親しみやすい、くつろげる味だった。それは確かだ。そして今もまた、美奈はくつろいでいた。家を出る直前まで、行くのをやめようかと思っていたのに、やっぱり来て良かった、と今は思っている。

「本当は、ふろうえんでハンバーグとクリームコロッケ、食べたかったのよ」

紗和が言った。

「ちょっと前までは営業してたのに、なんかもう、やってないみたい」

ふろうえんは、花園会館から歩いて行ける、銀閣寺近くにあった小さな洋食屋だ。ご夫婦でやっているこぢんまりとした店だったが、とても美味しかった。ハンバーグもクリームコロッケも絶品だったが、日替わりの定食も美味しくて、行くのが楽しみだった。あのご夫婦もそろそろ引退する年齢なのかもしれない。あるいは、新型コロナのせいなのか。

もうあのハンバーグは食べられないのだ、と思うと、とても残念だった。

「洋食ならグリル小宝《こだから》のオムライス、って手もあったけど、せっかく三人揃うんだし、落ち着いた店の方がいいかな、って」

「グリル小宝はまだあるの？」

「やってる。場所がいいしね、今や観光客御用達《ごようたし》の洋食屋さんになっちゃってるみたい」

グリル小宝は岡崎《おかざき》にある。近くに平安《へいあん》神宮や美術館などがあるので、確かに観光客にも行きやすい。オムライスの他にもいろいろ洋食メニューがあるのだが、オムライスの人気が絶大だった。

「ムーちゃん、ロシア料理好きだったよね。花園会館でもウオッカ飲んでたし。ここのピロシキはあたしも好き。外側は硬めでカリッとしてて、中のお肉は、ふんわり優しい味で」

テラが、食べかけのピロシキを楽しそうに眺めながら言った。

「打ち明けるとね、ここ、初恋の人と初めて来たレストランなんだ」

紗和は、ウォッカのせいなのか頬を赤く染めている。

「初恋?」

「いつの話?」

「あたし、奥手だったから、初恋って大学に入ってからだったの。もちろん、ちょっといいなと思う人はもっと前にもいたけどね、はっきり、これが恋なんだと思ったのは十九の時。美奈が花園会館に来るちょっと前に失恋したの。うちは女子大だったけど、ほら当時って、どこの女子大も他の大学とサークル交流とかしてたじゃない。あたし、体育会系はちょっと苦手だったから、ゆるーい感じのテニスサークルに入ってたのね。そこ、立命館《りつめいかん》の男子学生とサークル交流してて。二年上の人で、ほとんど一目惚《ひとめぼ》れだったな。最初の飲み会で隣りに座ってて」

「つきあったの?」

「うーん。今考えたら、向こうはつきあってるつもりはなかったんだと思う。映画に誘われて、食事して、飲みに行って。そういうのを何回かしただけだったから。でもあたしは舞い上がってて、つきあってるつもりでいたのね。ここに初めて連れて来て貰った時も、すごく素敵なお店にわざわざ連れて来てくれたんだ、って感激しちゃってた。だって鴨川の夜景が見えるし」

見回せば、キエフの店内はロシアやウクライナの民芸品が飾られていて、愛らしく懐かしい雰囲気にあふれているけれど、デート向きの、鴨川の夜景が見えるすごく素敵なお店、と言うとちょっと違うかな、と思う。でも初めての「大人の恋」に舞い上がっている十九歳の女の子には、この店が夢のレストランに見えていたのだろう。そんな、うぶな紗和を思うと、美奈は胸に小さな痛みを覚えた。紗和の初恋は実らず、代わりに紗和が選んだのは。

そして、紗和は、また別れを迎えようとしている。

紗和が冷凍したウオッカを好んでいたのは、ここに初めて来た時の自分を、忘れたくなかったからなのかも、と思う。

メインはビーフシチューの壺焼《つぼや》きにした。蓋《ふた》になっているパンがとても美味しい。シチューは優しい味で、パンをちぎってひたして食べる。

紗和の初恋の顚末《てんまつ》は、呆気《あっけ》ないものだった。彼には他に交際している女性がいるとわかり、自分とのことは相手にとって、恋愛でもなんでもなかった、と知った。紗和はサークルをやめて、北白川《きたしらかわ》のケンタッキーフライドチキンでアルバイトを始め、卒業するまでバイトと勉強に集中し、見事に大学院に合格した。

流れで、美奈も初恋のことを話した。中学生の頃のこと、相手は同級生。告白どころか、ろくに話しかけもできずに終わった初恋だった。テラは小学四年生で六年生の男子を意識したのが初恋だったと言う。ウオッカを飲み続けると悪酔いしそうだったので、ワインを頼んだ。ジョージアの赤ワイン。ボルシチはウクライナの料理らしい。ピロシキはロシア？　この店では、現実世界で起こっている戦争には関係なく、食卓に各国の文化が花開いている。

いつの間にか時間が経って、そろそろ八時が近づいて来た。最後に、三人でもう一度乾杯した。再会を祝して。そして、ウクライナの人々が一日も早く、戦禍から解放されて穏やかな日常を取り戻せることを願って。

店を出て、夜風に酔った頬をさました。

「ムーちゃん、新幹線間に合う？」

「まだ余裕ある。タクシーで行って、お土産選ぶわ。ごめんね、日帰りになっちゃって。一泊したかったな」

「また機会あったら集まろうよ。今度は一泊して、嵐山《あらしやま》の料理旅館にでも泊まらない？」

「いいねえ。ラーメンとロシア料理も楽しかったけど、あたしたちもう立派なおばさん観光客なんだから、やっぱり京料理で贅沢《ぜいたく》したいよ」

テラが言って、紗和の手を握った。

「じゃあね、ムーちゃん」

美奈も、紗和の手に自分の手を置いた。紗和の少しアルコールのまわった体温が掌《てのひら》から染みて来る。

「またね、ムーちゃん。会えて良かった」

紗和がまっすぐに美奈を見つめた。その切れ長で、今でも充分に美しい目に、涙が溜《た》まっているように見えたのは、錯覚なのかもしれない。

紗和はタクシーを止め、笑顔で乗り込んだ。美奈とテラは手を振った。

3

「さて、どうしようか。テラ、バス何時？」

「9時半」

「わ、じゃお茶する時間もないね」

「そんなことないよ。予約してあるからギリギリに行っても乗れるし。でも、お茶より行きたいとこあるんだけど」

「どこ？」

「美奈は大阪泊まりだよね？　チェックインとか大丈夫？」

関西まで来たついでなので、大阪で取材したいところがあった。大阪駅のすぐ近くのビジネスホテルに予約を入れてある。荷物は宅配便で送ってあった。

「チェックインは午前零時までだと思う。京都からならすぐだし」

「それなら、行ってみない？　花園会館があったとこ」

「でも、もう取り壊されてマンションになったって」

「そうなんだけど、見たくなっちゃったの。あのあたりの町。あたしたちが暮らしてた、あの場所が」

「わかった。タクシーで行けばすぐだしね」

通りを渡り、北向きのタクシーを止めた。行き先を告げる。

「すみません、冷泉通を通ってもらえます？」

テラが言う。

「桜はまだだろうけど、あの通り、好きだったんだ」

冷泉通。和歌で名高い公家《くげ》の冷泉家《れいぜい》は「れいぜい」と読むが、この通りの名前は「れいせん」になる。今は夷川通《えびすがわ》と呼ばれる通りに沿って冷泉家の屋敷があったので、その通りの古い呼び名が冷泉通だったのだが、鴨川より西側は通りの名前が変わってしまい、東側だけに古い呼び名が残っているのだ、と、ずっと昔にタクシーの運転手さんが教えてくれたのを思い出した。

通りの左側に疎水があり、その流れに沿って見事な桜の古木が並んでいる。満開の頃には、疎水に垂れるように伸びた枝にも桜が咲き誇り、花びらが水面《みなも》を埋めて素晴らしい景観になる桜の名所でもある。

「あ、やっぱり閉まってる」

テラが指差したのは、通りの右側だった。通り過ぎたところにあかりの点《つ》いていない店が見えた。

「ながぐつ亭？」

「うん。ふろうえんもそうだけど、あそこもちょっと前まではやってたみたいなの。やっぱりコロナのせいなのかなあ。天天有本店のラーメンは嬉《うれ》しかったけど、ながぐつ亭でアンチョビのパスタでランチもしたかったな」

ながぐつ亭はパスタとピザが人気のイタリアンレストランだった。特筆するほどの美味、というよりは、親しみやすい味の店だったが、アンチョビのパスタは他の店と比べてとにかくアンチョビの量が多く、ニンニクもしっかり利いていて個性的だった。今でも舌が、塩辛いアンチョビとオリーヴオイルの味を憶えている。

「閉店しちゃったのかな。それとも休業してるだけかな」

「どうかなあ。……考えたら、あたしたちが昔よく行った店って、後継者がいなければオーナーシェフが引退する年頃なんだよね。それだけ長い年月が経っちゃったんだよね……自分たちはそれほど意識しないで、お互いに昔の呼び名で呼んでて、あの頃のことはついちょっと前のことみたいな気分でいるけど、実際は、自分たちもそれだけ年取ってる、ってこと。客観的に見て、あたしも美奈もムーちゃんも、おばさん後半戦、ムーちゃんなんか孫もいるんだから、本物のおばあさんなんだよ。なんだか信じられないけど、それが現実なんだな、って」

「三人集まって顔をつき合わせたら、悲しい現実に向き合うことになっちゃった、ってことか」

あとは銀閣寺に着くまで、なんとなく二人、黙っていた。

銀閣寺道の交差点でタクシーを降りて、花園会館があった辺りへと歩いて行く。もう少し近いところまでタクシーで行くこともできたのだが、テラは交差点でいいと運転手に告げ、美奈もテラの気持ちが理解できた。

歩いてみたかった。歩いて五、六分の道。懐かしい路地。変わっていないようにも思えた。家々は昔のままかもしれない。変わっているとわかるところもあった。二人して、あそこにあれがあったよね、こっちにあれがあったはず、と、何かのゲームでもしているようにはしゃぎながら歩いた。

そして、着いた。

花園会館があった場所。今はもう、ない場所。

低層マンションが建っていた。想像していたよりも高級そうな、おそらく分譲のマンション。

二人は黙って、しばらくそこに立っていた。

どちらが先にため息をついたのか、おそらく同時だった。

わかってはいたことなのに。仕方がないことなのに。それでもやっぱり、心に穴があいた気がした。

「まだ少し時間ある。哲学《てつがく》の道にでも行ってみる?」

「そこまで余裕、ないんじゃない? 京都駅まで、タクシー拾えたとしても二十分はみないと」

「美奈、変わってないねえ。昔から、美奈は用心深くて慎重で、失敗しない人だった」

「テラはのんびりしてた」

美奈は笑った。

「時計見るのは好きな癖に、遅刻するタイプ」

なんとなくぶらぶらと、銀閣寺に向かって通りを渡る。

「ムーちゃん、あんまり話してくれなかったね」

テラが呟《つぶや》くように言った。

「本当はもっと話したかったはずなのに、離婚すること。京都で三人で会いたいって、最初に言いだしたのあの子なんだよ」

「……そうだったんだ」

「旦那《だんな》さんと別れたいって、LINEに書いてくるようになって、もう半年くらいになるかな。いろいろあったみたいで……だから吐き出したいのかなって思ってたんだけど」

「言えなくなっちゃったのかもね……三人で京都で会って、昔よく行った店に入ったら、もっと楽しいこと話していたくなっちゃったのかも」

きっと、そうだ。私もそうだもの。結局、言えなかった。

「もし」

美奈は、ふと思いついて口にした。

「もし、私が今村と結婚してたら……どうなってたのかな。私の人生、今村の人生、ムーちゃんの人生」

それは決して、ずっと考えていたことではなかった。美奈の心の中でも、今村のことはもう、遠い幻だ。けれど、消えてしまった花園会館の前に立った時、忘れていたと思っていた今村の笑顔が、不意に脳裏によみがえった。

愛していた。確かに。この人と結婚するんだろうな、と思っていた。いつかプロポーズしてくれるだろう、と。

何がいけなかったのか、今でもよくわからない。いつの間にか二人の間に亀裂《きれつ》が入り、修復できなくなって、別れた。今村との別れは、その後ずっと美奈の心を傷つけ続けた。自分が思っていたよりも深く、愛していたのだ、と美奈は知った。

運命のいたずらだったのか、それとも……

神戸で就職して前途洋々だった紗和が、突然、結婚すると言って仕事を辞めてしまった。その相手が今村だとわかった時、自分がどんな反応をしたのか、美奈はよく憶えていない。結婚式の招待状が届いた時、今村は知っているのかしら、と不思議に思った。知っていても、気にしていないのだろうか。紗和は何も知らない顔をしていた。でも、それって本当なんだろうか。

疑心暗鬼のまま、実家の母親が入院したと嘘をついて欠席した。

「テラは知ってたんだよね。知ってたけど、何も言わなかった」

美奈の言葉に、テラは曖昧《あいまい》に首を傾けた。テラは優しい。いつも、優しかった。

紗和があの時は何も知らなかったとしても、いまだに何も知らないまま、とは思えない。昔話をすれば今村の口だって軽くなるだろう。

紗和は、私に伝えたかったのだ。今村と離婚することを。

私に話したかったのだ。今村との結婚生活がどうして終わりを迎えたのか、なぜ自分は今村を見限るのか、そうしたことのすべてを。そうしてすっきりしたかったのだ。私に対して抱えていただろう罪悪感や優越感、もしかすると劣等感も含めて、清算してしまいたかったのだ。

大学院まで出て企業の研究室に入り、研究者としてのキャリアをスタートさせたばかりだったのに、恋をして何もかも捨てた。主婦となり、子供を育て、家庭を守った。けれどその心の底に何が溜《た》まっていたのかは、誰にもわからない。美奈が新人賞をとった時、紗和から胡蝶蘭《こちょうらん》の鉢が届いた。けれど電話も手紙もなかった。テラは時々、サイン会に来てくれたり、新刊が出るとメールで感想を伝えてくれたりしたけれど、紗和からは何もなかった。美奈自身、その方が気楽なので気にしていなかったけれど……

「ムーちゃん、パートするなんて言ってたけど……なんかね、本、書いてるらしいよ。昔研究してたことに関連して、ここ何年かネットで大学に入り直して、勉強してたみたい。ムーちゃん、いつも美奈のことすごく褒めてた。美奈の本は全部読んでたし、作家になるなんてすごい、っていつも言ってた」

美奈は何も言わなかった。

紗和は結局、離婚することだけを静かに報告した。今村に対する愚痴も、自分の人生に対する後悔も一切、口にしなかった。それが彼女の意地だったのか、それとも、ただ京都で三人また会えたことが楽しくて、それを壊したくなかったのか。どちらなのかはきっと永遠にわからない。

「さて、そろそろあたし、行くね。美奈は阪急《はんきゅう》で梅田《うめだ》まで行く？　タクシーで途中まで一緒に行けるけど」

「あ、うん、でも私、もう少しこの辺歩いてから行く。ねえ、また会えるかな」

テラは笑った。

「当たり前じゃない！　あたしたち、この歳になってようやく、いくらか自由になったんだよ。これからは会いたい時に会えるよ。次は観光客のおばさんらしく。嵐山にでも泊まって京料理食べようよ」

「そうだね」

美奈も笑った。

「本当にそうだ。私たち、若い頃より今の方が、自由だね」

テラがタクシーに乗って消えると、美奈は深呼吸した。夜の京都の空気。桜がほころぶ寸前の、浅い春の夜風。

私ね、乳癌《がん》なんだ。ステージ2だからそんなに深刻にならなくてもいいんだけど、来週入院して手術なの。まあ多分死なないとは思うけど、わからないもんね。だから会えて良かった。これが最後になっちゃうかもしれないし。

そう、笑顔で言うつもりだった。

でも言えなかった。

それが私の意地なのか、それともやっぱり、楽しかったから言いたくなくなっちゃったのか。

自分でも、永遠にわからない謎になりそうだ。ただ、もし癌から生還できたら、また三人で会いたいと思う。花園会館で過ごした若かった日々から、とてもとても長い時間が経った。いろんなことがあった。人生は、誰の人生でもそんなに簡単じゃない。それでも私たち三人は、とにかく生きて歳をとって、皺《しわ》くちゃになり、脂肪もたまりシミも増えた。

それは、とても幸運なことなのだ、と、今、思える。

歩き始めると、大銀《だいぎん》のことを思い出した。大銀。学生や独身者御用達《ごようたし》の定食屋さん。今でもあるんだろうか。民宿もやってて、泊まり客がご飯を食べていた。店に入るとショーケースがあり、その日のおかずや定番のおかずが並んでいる。注文は店の入り口で店員さんに告げ、勝手に空いている席に座る。壁一面に貼られたものすごい数のメニュー。なんでもある。なんでも食べられる。店員さんはびっくりするほど記憶力が良くて、食べたいものをずらずら告げても全部憶えてしまう。

スマホで検索すると、出て来た。今でも営業しているようだ。でもこの時間だともう閉まっているだろう。そうだ、明日《あした》、大阪から帰る時にまたここに来よう。大銀でお腹いっぱい、食べて帰ろう。

甘めの味付けの牛肉と人参が入った肉じゃが。パリパリの皮とジュワッとあぶらが滲《にじ》み出る鯖《さば》の塩焼き。甘長唐辛子の煮付けはあるかな。とん汁のことを、こっちではぶた汁、って言うんだっけ。野菜がいっぱい入ってて、大きな器で。おばんざい、なんて小洒落《こじゃれ》たものじゃない。おかず、だ。ご飯のおかず。おかずがいっぱい。

いい旅だったじゃない？

美奈は、満足してひとり、うなずいた。

今日の半日も。今までの人生も。いい旅だった。そして、まだ続くんだ。

きっと。

幸福のレシピ

福田和代

福田和代（ふくだ・かずよ）
一九六七年、兵庫県生まれ。金融機関のシステムエンジニアとしての勤務を経て、二〇〇七年、航空謀略サスペンス『ヴィズ・ゼロ』でデビュー。主な著作に『TOKYO BLACKOUT』『ハイ・アラート』『怪物』『迎撃せよ』『潜航せよ』『生還せよ』『繭の季節が始まる』『梟の一族』など。

——三宮ってこんな感じだっけ。

琴子はちっちゃなボストンバッグを提げて、クルーズ船のタラップをおりた。

ずっと船で揺られていたから、地上に降りるとかえってふらふらする。パンプスはやめて、春先にぴったりの、カジュアルなモカシンを履いてきて良かった。

港から見上げる神戸《こうべ》の街が、見知らぬもののように感じられる。

——やっぱり、来ないほうが良かったんじゃないの。

なんとなく気後れして、その場にぼんやりたたずんだ。

横浜《よこはま》から神戸まで、ひとり旅をしてきた。

娘の智恵《ちえ》と孫娘のさくらは、あす新幹線で追いかけて来る予定だ。

新幹線なら三時間かからないところ、三日もかけて船旅を楽しむなんて、仕事を引退した今だからこそできるぜいたくだ。

——隆《たかし》さんがいたら、大喜びしただろうけどね。

神戸っ子の夫は、船が好きだった。本当はクルーズにも行きたかっただろうけど、仕事が忙しくて長期休暇は難しかった。

「お客様、ポートライナーですと、三宮までふた駅ですよ」

行き先がわからずまごついているように見えたのか、クルーズ船のパーサーの男性が、にこやかに声をかけてくれた。

「はい、ありがとうございます」

わたしも、神戸で生まれたから知ってる。

その言葉を飲みこんで、パーサーにかるく会釈をし、琴子はポートライナーという高架式の電車に向かった。

神戸を離れて横浜に住んで、もう三十年になる。いつのまにかそんなに時間がたったなんて、びっくりだ。

ポートライナーが開業したときは、全線自動運転の新しい交通機関ができたと話題になった。琴子も知っているし、何度も乗ったことがある。懐かしい乗り物に乗って、やっと故郷に帰ってきたんだと嬉《うれ》しくなった。

「――あっ」

おもわず声が漏れて、周囲の人たちがちらりとこちらを振り返った。

船から見てなにか違うと思ったのは、ポートピアランドの観覧車やジェットコースターが見えなかったからだ。代わりに、少し離れた神戸駅のほうに、赤い観覧車が見えた。

今の今まで忘れていたが、ポートピアランドはずっと前に閉園したのだった。高架の上をすべるように進むポートライナーの窓から、ちょっぴり灰色にくすんだ春の三宮を見渡す。ポートアイランドは三宮の浜側を埋め立ててできた人工島で、できた四十年前には未来を先取りしていたけれど、今はすっかり時間に追い越されて、少しずつ過去に置いていかれつつある。

それでも、色とりどりのコンテナヤードや、物流倉庫、背の高いクレーンなどを見ると、神戸は海運で発展した街だったとあらためて思い起こす。

ポートターミナル駅から三宮駅まではすぐで、記憶とほとんど変わらない三宮駅の改札を出ると、再び「あっ」と声が漏れ、足が止まった。

急ぎ足の会社員らが、琴子にぶつかりそうになりながら追い越していく。

駅前の風景が、記憶と違っていた。

JR三ノ宮駅のターミナルビルがなくなって、駅前は再開発工事をしているらしい。新しくできた広場にフードトラックが並んで、開放的なテーブル席で食事を楽しむ人の姿も見える。そごうは、今は阪急《はんきゆう》百貨店に変わったのか。神戸と言えば、そごうと大丸《だいまる》だったのに。

駅前に見覚えのない若葉色のビルがあると思ったら、神戸新聞社の新聞会館が、ミント神戸というビルに建て替わったのだ。

――なんだか、知らない街みたい。

震災の前に、神戸を離れてしまって。おまけにここしばらくの新型ウイルス騒動で、閉めたお店もあるだろう。人からよく、神戸の街並みも変わったと聞いて覚悟はしていたけれど、こんなに変わったとは思わなかった。

期待と喜びにふくらみかけていた胸が、しゅんと萎《しぼ》んだ。

「そうよね。三十年も戻らなかったんだから」

琴子の年齢の半分近くだ。

結婚したとき、夫の隆は神戸の洋菓子メーカーでお菓子をつくるパティシエだった。琴子が三十歳のとき、東京のホテルからヘッドハンティングを受け、隆は上京を決意した。

娘の智恵が生まれたばかり、琴子は仕事を休んでいたので、それを機に退職して東京で新生活を始めることになったのだ。

ホテルには十年近く勤めて、それから東京の洋菓子店のパティシエになった。

隆は仕事に夢中になるたちで、それから定年まぎわに病で倒れるまで、新商品の開発や、他社の商品の食べ歩き、マーケティングと忙しくて、休みなどなかった。もちろん、ふつうの旅行などしたことがない。

定年になったら自分の店を持つのが夢で、その準備も着々と整えつつあった矢先の病魔だった。

琴子自身も、智恵が小学校の高学年になって手が離れると、教員免許を活《い》かして学習塾で教えはじめ、忙しくなった。

琴子の父親ははやくに亡くなり、母親は琴子の後を追うように東京に引っ越してきた。隆の両親は福岡出身で、息子夫婦が神戸を離れたのをきっかけに福岡に戻っていた。盆と正月にはたまに福岡に出かけたけれど、神戸に足が向くことはなかった。

そんなわけで、三十年。

知らない街になるのも、当たり前だ。

——さて、今日はこれからどこに行こう。

あとで人と会う約束もあるのだが、時間が早すぎる。

旅が始まる前は、ネットを見ながらいろいろプランを練っていた。三十歳まで住んでいた街なのだから、懐かしい場所もたくさんある。だが、駅前を見ただけで、自分は本当にそこに行きたいのかどうか、わからなくなってきた。

結婚前に、隆と入った映画館は、まだあるだろうか。仕事の帰りに友達と入った喫茶店はどうだろう。

行ってみて店がなくなっていたら、思い出が上書きされてしまうのではないだろうか。

行き先に迷うけれど、時間はたっぷり余るほどある。クルーズ船は朝の七時に神戸港に入った。だからまだ、午前八時すぎだ。

「ホテルにチェックインするにも早いし」

思いついて、二階にあるポートライナーの改札からエスカレーターで一階に下りた。ここは、JRとポートライナーの駅が隣接していて、一階にはJRの改札口がある。だが、琴子のめあてはJRではない。

そのまま駅舎を山側に抜ける。

神戸は山と海に挟まれた土地だ。神戸っ子は北を山側、南を浜側と呼ぶ。

JR三ノ宮駅の山側にあるロータリーを渡ると、昔ながらの緑の帽子のような屋根を持つ建物が健在だった。一階のにしむら珈琲《コーヒー》店は、神戸の老舗《しにせ》喫茶店だ。昔は三宮、元町《もとまち》あわせて四、五軒の店舗があって、神戸の洋館の趣があったりもして、にぎわっていた。今もちゃんとあるなんて感激だ。

午前八時すぎ、もう開いているにしむらの自動ドアを通ると、見覚えのある光景が広がってホッとした。

――これこれ。

どっしりと落ち着いた木のテーブルと、布張りのひじ掛け椅子。店の内装は当時とあまり変わっていないようだ。ソファやひじ掛け椅子の布張りが、新調されたくらいだろうか。

一階の階段下にある隅の席に腰をおろし、ボストンバッグを足元に置いた。バッグの持ち手には、レジンで作ったケーキのアクセサリーをぶら下げている。手先の器用な隆が、昔つくってくれたものだ。

——にしむらに来れば、何はともあれブレンドコーヒーだよね。

迷わずブレンドを頼んだ。

琴子はコーヒー党だが、隆はどちらかといえば紅茶党で、にしむらに来てもミルクティーを注文して神妙な顔つきですすっていた。

「あら、カップも変わらない」

濃紺のワンピースにストライプのエプロンをつけた、昔ながらの制服に身をつつんだウェイトレスさんが、丁寧にかつすばやく置いてくれたにしむら特製のカップを見て、思わず声が漏れた。若いウェイトレスさんがマスクの上の目でにっこりして、

「ごゆっくりどうぞ」と去って行った。

にしむらのコーヒーカップは、白地に紺色でコーヒーミルのイラストとにしむら珈琲店のロゴを印刷した陶器製で、飲み口までぶあつくて、熱々のコーヒーをすすっても火傷《やけど》しにくい。独特のなつかしい味がした。酸味と甘みのつよい、フルーティーなブレンドだ。

——ああ、神戸に帰ってきた。

三十年たっても、舌と唇が覚えている。

プルンとスマートフォンが震えて、娘の智恵からの着信を知らせてくれた。ラインだ。こんな落ち着いた店で電話をかけるのは気づまりだから、ラインがありがたい。

『もう着いた？　そっち雨ふってない？』

「雨は大丈夫。いいお天気だよ」

学習塾に勤めていたころは、生徒とのやりとりでスマホを使うこともあって、操作は慣れたものだ。

『今日はこれからどこ行くの？』

「どこ行こうかなあ。思案中」

『神戸は美味《おい》しい店がたくさんあるんでしょ。明日《あした》はさくらがアンパンマンミュージアムに行きたいらしいから、もうチケット買っちゃった』

孫のさくらは五歳で、アンパンマンに出てくるドキンちゃんが大好きなのだ。

「中華料理は明日食べるんだっけ」

『そうそう。南京町《なんきんまち》でテイクアウトを買って、公園で食べようって』

智恵はグルメ情報をあちこちで仕入れて、神戸の中華街、南京町の元祖豚饅頭《ぶたまんじゅう》、老祥記《ろうしょうき》は外せないとか、皇蘭《コウラン》の角煮まんが美味しそうとか、熱心にチェックしていた。

——でもね。

南京町の中華街のどこで食べても美味しいのは間違いないが、琴子自身が偏愛しているのは一貫樓《いっかんろう》の豚まんだ。三宮センター街の端っこにあって、昔はよく行列に並んで買って、電車に乗るとき匂いが車内に充満するからちょっと恥ずかしかったけど、家に帰ってあのジューシーな甘みのある饅頭にかぶりつくときの幸せなことといったら。

だけど、せっかく智恵が楽しみにしているのだから、野暮は言わない。南京町には中国茶の専門店や雑貨店もあるし、お菓子だって売っているから、見どころはたくさんある。

五歳の子どもがいると、旅に出てもスケジュールや食事は「子どもが疲れないように」「子ども食べられるものを」と、子ども中心に組み立てることになる。

それでも、毎日忙しくしている智恵が、少しでも気晴らしをできればと思って、神戸旅行に誘ったのだ。

『お父さんが勤めていた神戸のお菓子屋さんって、まだあるの？』

「何年か前に、路面店は閉めてしまったと聞いたかな。デパ地下で今でも販売はしているそうだけど」

カフェではない昔ながらの喫茶店が次々に街から姿を消したころ、隆が働いていた店も喫茶室を閉めた。ケーキの美味しい店だった。

「コーヒー飲んだら、そのへんをぶらぶらしてみる」

『そうだね。夜にまた連絡するね』

さて、と。

コーヒーをきれいに飲み干して、ボストンバッグを提げてふたたび街に出る。急ぐ旅ではないし、こんなに朝早くから開いている店も少ないから、行く当てもないのだけど。

――神社ならこんな時間でもお参りできるよね。

スマホで調べてみると、生田《いくた》神社は朝七時開門、閉門は十七時ごろとあった。それなら大丈夫だ。

記憶を頼りに歩き出したが、建物や店は変わっていても、道路はさほど変わらない。三十年経っても意外と道は覚えているもので、生田新道にそってのんびり歩いていくと、生田神社の参道に出た。

「あれ――」

東急《とうきゅう》ハンズがあったはず。そう思った銀色の建物は、看板が外され、立ち入り禁止の看板が置かれている。

ここに東急ハンズの三宮店ができたのは、昭和六十三年だ。琴子も雑貨や文房具を買いに、よく訪れた。結局、数年で琴子自身は神戸を離れてしまったのだが。

——そうか、ここも閉めたんだ。

夫がいたら、どう言っただろう。

製菓に使う型や、デザイン帳やカラーペンもここで買っていた。神戸ではここでしか手に入らないペンがあると言っていたから、残念がったのではないか。

なんだか隣に隆がいるような気がして、琴子はしばし立ち止まり、ビルを見上げた。

隆は新しい菓子のアイデアが浮かぶと、とりあえずそのへんにある紙にさらさらと書きつけ、時間のある時にデザイン帳に清書していた。彼はよく、自分の中でケーキは4Dなんだと言っていた。隆の頭の中では、立体的なケーキの形が浮かぶのは当然として、味と香りがリアルに感じられたらしい。

隆の頭の中には、それまでに食べたことのある菓子類の記憶がデータベースのようにみっしりと詰まっていて、いつでも好きな時にそれを再現できるらしかった。

「あの特技、うらやましかった」

だって、自分が好きな菓子の味を、いつでも取り出してまた味わうことができるのだ。そんな特技があれば、つらいことがあっても心の中で一番好きなケーキを再現して、楽しい気分になれたかもしれないのに。

琴子がいま一番食べたいのは、隆がつくったクレームブリュレだった。とろとろのカスタードクリームの上に、焦がしたカラメルが載っていて、スプーンを入れると割れて、べっ甲細工みたいに輝いた。

よそで食べると何か違う感じがするので、隆の工夫があったのだろう。

隆は新商品を開発すると、琴子にも試食を頼んで意見を聞いた。

(私はお菓子職人じゃないから)

(お菓子を買ってくれるのは、ほとんどが素人《しろうと》さんだからね。ごくふつうの人の、ふつうの感想が欲しいんだ)

そう言われればそうだ。尻込《しりご》みするのはやめて、聞かれるままに素直に意見を述べた。そもそも、隆がつくるお菓子はどれもとびきり美味しかったのだ。

旧東急ハンズの建物と、飲食街に挟まれた参道をゆっくり歩いて通り抜けると、神社の石の鳥居と狛犬《こまいぬ》が見えてきた。

琴子の両親は、ここで神前結婚式を挙げたそうだ。披露宴は生田神社会館で、琴子のお宮参りも生田神社だった。

生田神社会館を覗《のぞ》くと、施設が老朽化したため閉館している旨の張り紙があった。

——ここも、変わっていくんだ。

永遠に変わらないものなどない。それはわかっていても残念だった。

やっぱり、神戸に戻らないほうが良かったかもしれない。こうやって、寂しい思いをするばかりなのだもの。

平日の朝だから、参拝者がそれほど多いわけではないけれど、ジョギングの締めくくりに軽い屈伸運動をしているらしい中年男性や、散歩がてら参拝にきたような老夫婦がいた。

朱色の鳥居をくぐって、楼門をくぐったあたりで、おみくじをひいた若い男性が、がっくりと肩を落とし、その場にしゃがみこむのが見えた。

よっぽど悪い結果でも出たのだろうか。だけど、神社のおみくじを見てあんなに気を落とすなんて、なんだか純情だ。

本殿にお参りした後、琴子がお守りを見ようと社務所に引き返しても、その男性は石畳の上にしゃがんだままだった。まだ、おみくじを握りしめている。

三十歳にはなっていないだろう。染めているのか、明るい栗色の髪を耳の上あたりまでカットして、襟足がすっきりとしている。白いTシャツの上に、マリンカラーというのだろうか、裏地がボーダーの紺色のパーカを羽織っているのが、涼しげだ。

「どうされました？　ご気分でも悪いんじゃないですか」

うなだれている若者が気の毒になり、声をかけてみることにした。彼ははっとして振り返り、そこにいるのが自分の母親くらいの年齢の女性だと気づくと、恥ずかしそうに立ち上がった。

「すみません。おみくじの言葉にちょっと、がっかりして」

「悪かったの？」

「いえ――」

彼が見せてくれたのは「吉」と書かれた札で、「悪くないじゃない」と言いかけた琴子を制するように、「これ見てください」と彼が指をさした。

『新規事業への挑戦は、延期が吉』

ははあ、この青年は何かに挑戦しようとしているところなのだ。だから、先に延ばせと言われてがっかりしたのだ。

この年頃だから、ひょっとすると結婚でも考えていたのかも。

「はあ――。捨てちゃおうかなあ。それで、もう一回引いて」

琴子は微笑んだ。

「捨てちゃだめよ。おみくじは、結果が良くなくても、神様からの戒めだと思うといいんですって。境内に結んで帰ると、災難を祓《はら》ってくれるという人も多いみたいですよ」

「本当ですか？」

行きがかり上、その若者がおみくじを竹垣に結ぶところまでつきあった。細い、繊細な指先で結んだ彼は、真剣な面持ちでおみくじに手を合わせていた。まつげが長い。

「何か新しいことを始めようとしているんですね。頑張ってくださいね」

おみくじの結果をあんなに真剣に受け止めるなんて、今どきの若者はまじめで繊細だ。

にこにこしながら先に行こうとしたのだが、青年が息をはずませて追ってきた。

「あの、ありがとうございました。おひとりで旅行ですか？」

ふつうに歩いているだけなのに、旅行者だとわかってしまうのか。しかも、ひとり旅だと。青年の視線が、ちらりとボストンバッグにつけたケーキのアクセサリーに向けられたような気がした。

「旅行ですけど、私も昔はこっちに住んでいたんですよ」

「そうでしたか。僕も最近、東京からこちらに戻ってきたばかりなんです」

「あら」

なんとなく腑《ふ》に落ちた。神戸に戻ってきたのは、新しいことを始めるためだ。それなのに延期しろと言われたので、気落ちしたのだ。

気の毒に、と思うけれど、青年の若さは琴子にはまぶしいくらいだ。この年頃なら、新しいことに挑戦する機会など、これから何度でも訪れるに違いない。

「それ、可愛いですね。ケーキ、お好きなんですか？」

青年がバッグのアクセサリーを見て尋ねた。琴子はにっこりした。このレジンのケーキを誉《ほ》められるのはいつでも嬉《うれ》しい。隆が東京のホテルに引き抜かれた時、最初に彼のアイデアを商品化したケーキ第一号そっくりに作ってある。

「それはもう、大好き」

「僕もケーキが大好きなんです。もし良かったら、神戸の美味《おい》しいケーキ屋さんを一緒に食べ歩きますか？　おみくじの結び方を教えてもらったお礼に」

「あら、いいの？」

「まだ少し早いですけど、十時くらいからお店が開き始めますから。実は僕、ケーキを食べるつもりだったんですけど、ひとりより、誰かと一緒のほうが入りやすくて」

青年は、渡辺《わたなべ》一樹《かずき》と名乗った。

「三宮にも美味しい店はたくさんありますけど、いまホットなのは、元町エリアですよ」

生田神社から元町まで、三宮センター街をふたりでてくてく歩いた。琴子の泊まるホテルが近くにあったので、とりあえず荷物だけ預け、海岸《かいがん》通まで下りていく。

一樹は東京から神戸に戻ったばかりにしては、事情に通じているらしかった。

「最初からラスボスを出すのか？　という感じであれなんですけど、今から行くお店はぜひお腹のすいた状態で味わってほしくて。僕がいま惚《ほ》れこんでいるお店なんです」

「そんなに美味しいの？」

「それは食べてのお楽しみです」

神戸の繁華街と呼ばれる地域はいくつかに分かれる。特に人通りが多いのが、三宮、元町の二大エリアだ。

「最近は、乙仲《おつなか》通に若い人向けのお店がたくさんできて、にぎやかなんですよ」

一樹によると、周囲より少し不動産がリーズナブルなので、若い人が出店しやすいのだとか。大きな震災を経たとはいえ、神戸の街には古くからの洋風の建物があちこちに残っているし、なんでもない路地の一角が、洒落《しゃれ》た風情をかもしだしていたりもする。映画のロケに使われたりするのも納得だ。

レストラン、カフェ、雑貨店、アクセサリーショップ、古着屋など、存在を主張しすぎない、それでいて個性を感じる店を通りすがりに覗いていく。

「ほら、十時開店なんですけど、もう並んでるでしょ」

一樹が指さした場所には、すでに八人ほどが列をつくっていた。開店まで、まだ十五分もあるのに。

彼が真っ先に連れてきたのは、モンプリュというパティスリーだった。

店の前にベンチが置いてあって、客はそこに座って順番を待つらしい。

「こうやって、順番を待つ間もわくわくするんですよね。美味しいものを食べる前のこういう時間、期待に満ちていて僕はたまりませんね」

一樹は、目を輝かせながら店の中を見つめている。十五分などすぐ経って、順番に中へと案内されていく。まずはショーケースを見て、ケーキを決めるらしい。

琴子はケースにずらりと並ぶ、宝石箱のようなケーキに目を奪われた。なんて美しい。そして、美味しそう！

「きっと、琴子さんもふたつはペロッと食べられますけど、今日はごめんなさい、次があるからひとつにしておいてください」

一樹がいたずらっぽく言う。村上《むらかみ》琴子と名乗ったら、彼はさっそく「琴子さん」と呼び始めた。

一樹は、しょっちゅうスマホを出して熱心に何かいじっている。その癖さえなければ、とても礼儀正しい素敵な青年だ。

「迷うわね」

この種類豊富なケーキのなかから、たったひとつを選ぶのは難しい。おさんざ迷ったあげく、見た目はシンプルな白いケーキ「ポロネーズ」を選んだ。お酒が多めに入っていますが大丈夫ですかと聞かれたが、ケーキに入っているくらいのお酒なら自分は平気だ。一樹は「この前、これ食べ損ねたんですよ」と言いながら、「フレジェ」というイチゴのケーキを選んでいた。

席に移って飲み物を選ぶと、あとは運ばれてくるのを待つだけだ。店内の調度品は飾り気がなく、カジュアルな雰囲気だ。

——隆さんがつくりたかったの、きっとこういうお店よね。

美味しいケーキと飲み物。それに居心地がいい店内。つくづく、あんなに早く夫が死んでしまったことが悔やまれる。

運ばれてきたケーキに目を奪われた。真っ白なお皿に、ケーキが載っているだけ。ソースやアイスクリーム、フルーツなどの飾りつけはいっさいなし。ケーキがそれ自体で完成しているから、よけいなものは必要ないという自信を感じる。

マスクを外した一樹が、いとおしそうに自分のケーキを見つめ、ゆっくりとフォークを入れて口に運んだ。うっとりと目を細め、いかにも美味しそうに味わっている。

琴子もそろりとケーキにフォークを入れた。

——あら！　外側の白いところはメレンゲなのね。その上にアーモンドスライスを貼り付けたのね。

メレンゲのふんわりした感覚と、アーモンドのパリッとした舌ざわりのギャップが、楽しい食感を生んでいる。しかも、もう一度フォークを入れて驚いた。

——なにこれ！　なにこれ！

フォークで刺すとじわっと染み出るほど、たっぷり洋酒とシロップをしみこませたブリオッシュ。そのさらに内側に、色とりどりのフルーツの砂糖漬けと甘いクリームがたっぷり詰まっている。

——さくらんぼの香りがする。

これはきっと、キルシュを使っているのだ。さくらんぼのブランデーだ。こんなに複雑で華やかなケーキは食べたことがない。しかも、これだけいろんな素材を使っているのに、味と香りがケンカしていない。

「美味しい……！」

うっかり声に出して呟《つぶや》いてしまった。一樹が、言葉にならない感激の面持ちで、うんうん、うんうんと頷《うなず》いている。

「ね、いきなりラスボスですよって言ったでしょう？」

ケーキを食べ、紅茶を飲み終えた一樹が、マスクをつけるのももどかしげにそう告げた。

「私、亡くなった夫がケーキをつくる人だったの」

やはりマスクをつけ直した琴子は、ため息をついて打ち明けた。

「美味しいケーキは、もう食べつくしたと思っていたんだけど、そんなことないわねえ」

「予想を超えてきますよね。ここは二〇〇五年に開店したそうですけど、神戸も新しい洋菓子店が次々にオープンしてますから」

　そもそも神戸は、パンと洋菓子の街でもあった。外国人居留地があったため、パンや洋菓子を食べる習慣が身近だったこと。ロシア革命から逃れてロシア人が日本に流れてきたこと。関東《かんとう》大震災の折に、関東から神戸に多くのパンや菓子の職人が避難してきたこと。いろんな条件が重なって、神戸のパン文化と洋菓子文化は発展した。

「私が神戸にいた三十年くらい前までだって、美味しい喫茶店や洋菓子のお店はたくさんあったのよ。ユーハイム、モロゾフ、フーケ、アンテノール、ゴンチャロフ、コスモポリタン、神戸ベル、G線――」

「いま聞いたお店のほとんどは、全国展開したでしょう？　いくつかは聞いたことがないから、移転したかお店を閉めたのかも。だけど、どんどん新しいお店もできているんですよ。これってすごいことじゃないですか？　レベルの高い洋菓子店が、しのぎを削ってるってことなんですから」

「まあ、そうねえ」

　一軒めは琴子が支払ったが、「それなら、次のお店は僕が持ちますね」と一樹はあっさり引き下がった。こういうスマートさも好感が持てる。

「僕、ケーキはやっぱり甘いのが好きなんです。近ごろ、健康のためだと思いますけど、甘さを控えたお菓子が増えたじゃないですか。だけど、ケーキはしっかり甘くてなんぼですよ。甘さで幸福を感じるくらいベタに甘いのがいいですね」

力説しながら、一樹が次に連れていってくれたのは、元町通二丁目だった。

元町通は、一丁目から六丁目まで、アーケードのある商店街が続いている。ユーハイムの本店がちゃんとあるのは嬉《うれ》しかったが、隣の丸善《まるぜん》はもう神戸にはないし、ヤマハも三宮の山側に移転したそうだ。

三十年の時の流れを、いまいっきに高速再生して見せられているかのようで、ちょっと心が苦しくなる。

「モンブリュは洋菓子の粋というイメージだったでしょう。だから次は、和と洋の絶妙なハーモニーを味わいましょうね」

二軒目は「和栗モンブラン専門店　くり松《まつ》」というらしい。テイクアウトもできるが、中にイートインのスペースもあるそうだ。一樹が先に店に入って交渉し、外で十五分ほど待つと二階席に招きいれてくれた。

「ここは、本来は一階がフルーツサンドのお店で、二階がくり松のイートインスペースなんです。だけど、二階は予約制で、先に予約しておかないと何時間も入れなかったりするので、今日は一階席でテイクアウトの商品を飲み物と一緒に頼みましょう」

フルーツサンドも美味《おい》しそうだったが、先ほどのモンブリュで、一樹のおすすめに従えば間違いないと知ったからには、黙って俎板《まないた》の鯉になるのが良さそうだ。

「これ――モンブランなの？　おそばじゃなくて？」

出てきたモンブランは、細めのおそばのように長く絞りだしたペーストが、これでもかというほどたっぷりと載っている。

一樹が目を細めた。笑っているのだ。

「食べてみてくださいよ」

フォークでケーキの端をすくい、口に運んで驚いた。

――栗だ――！

いや、当たり前だけど。モンブランは栗の菓子だ。だから栗の香りがするのは当然だけど――。

こんなに栗が激しく存在を主張するモンブランを食べたのも初めてだ。

栗本来のこくのある甘みがある。香りも強い。

しかも、内側にはたっぷり甘いクリームが詰まっていて、底に敷かれているのはクッキーだろうか、ダックワーズみたいなさくさくした軽い食感が良い。

あんなに美味しいケーキの後では、何を食べても見劣りするかと思ったが、これはまた別ジャンルの味わいだ。

「洋菓子なのに、しっかり和菓子の趣もあるのね」

コーヒーにもよく合う。

「そうなんですよ」

我が意を得たりと、一樹がうなずいた。

「大福餅《だいふくもち》にモンブランのクリームをかけ流したお菓子も、テイクアウトで販売しているくらいで、和と洋が融合してますよね」

琴子は小さく吐息を漏らし、コーヒーの香りを楽しんだ。

「なんだか信じられない。こんなにたくさん、美味しいものが神戸にあるのに、今まで食べに来なかったなんて」

「失礼かもしれないけど、琴子さんてば、食いしん坊ですね！　琴子さんが美味しそうに食べるのを見ていたら、こちらまで楽しくなってきますよ」

嬉しそうに一樹が言った。

——あらいやだ。

だが、夫の隆も似たようなことを言っていた。

(琴子の顔は嘘をつけないから、本当に美味しいかどうかすぐわかるよ)

試作品を食べさせながら、にこにこしてこちらの顔を見ていた夫を思い出す。

ケーキとモンブランですっかり満足したが、店を出ると昼前だった。人通りの多い神戸元町商店街に立ち、琴子はすぐ近くにある店を思い出した。

「渡辺君、もし良かったら、ケーキめぐりをいったん中断して、お昼ごはんはどう？」

「いいですね！」

娘の智恵がいたら、「ママったらケーキをふたつも食べたのに、まだランチが入るの」と呆《あき》れただろうが、一樹は素直に喜んだ。

「この近くに、私が子どものころ親に連れて来られた中華料理のお店があるはずなの。まだあると思うから、行ってみましょうよ」

「琴子さんが好きなお店だったら、きっと美味しいですよ」

「子どものころ好きだったお店だけど」

元町一丁目に引き返し、ローマのコロッセウムみたいな大丸の建物を見ながら、元町駅方面に向かって少し進むと、左手の路地に「別館牡丹園《ぼたんえん》」と書かれた看板が見えた。

――やっぱり、ちゃんとあった。

「ほら、ここ。混んでるかもしれないけど、入ってみましょう」

一樹は珍しそうに見回しながらついてくる。店の前に行列がなかったので期待した通り、時間が早いからまだ席は八割ほどしか埋まっておらず、一階の厨房《ちゅうぼう》が見える四人掛けのテーブル席に案内された。琴子たちが腰を下ろしてすぐ、ばたばたと何組かが入って一階席は埋まり、その後の四人連れの客は二階に上がっていった。

「まだ十一時すぎなのに、もういっぱいなんですね」

一樹が目を丸くしている。傍《はた》から見れば、母親と息子に見えるだろうか。熱心にメニューを見ていた彼は、マーボー豆腐のランチセットを頼んだ。琴子はお目当てがある。

「小海老の卵とじかけご飯はできますか？」

「できますよ」

注文を取りにきてくれた女性に頼み、小分け用の器も出してもらった。これはぜひ一樹にも、ひと口食べてもらわないと。

隣の席に座った高齢男性のふたり組は、お茶を飲みながらのんびりオードブルをつまんでいる。本当ならビールでも飲みたいところだろう。

「よく来られたんですか？」

一樹が好奇心いっぱいで店内を見回しながら尋ねた。

「子どものころ、ときどき親に連れてきてもらったの。私の小さいころは、外食といえばデパートの大食堂か、中華料理だったから」

そう、デパートの大食堂のお子様ランチを思い出す。ワンプレートに旗を立てたチキンライス、スパゲティ、ハンバーグとポテトサラダに生クリームをたっぷり絞ったプリンを盛った、今から思えば素朴なセットだった。でも当時はそれが子どもたちの憧《あこが》れで、外出の楽しみのひとつだったのだ。

やがて運ばれてきた深皿を見て、琴子は思わず頬を緩めた。とろみのついた海老の卵とじの、優しい黄金色が記憶のままだった。

「渡辺君、良かったらひと口どうぞ」

小皿にれんげで少し取り分けて差し出すと、彼は素直に喜んだ。

「いいんですか？　美味しそうですね」

いそいそと口に運ぶ一樹に倣い、琴子もひと口、食べてみた。

――ああ、変わってない。

懐かしい、優しい味だ。三十年前と同じ味。どうやったらこんなにとろとろの卵とじができるんだろうと不思議に思うくらい柔らかくて、餡《あん》がしっかりからんでいる。味は濃すぎず薄すぎず、下に隠れた白ごはんと一緒に食べるとちょうどいい濃さだ。

小学生のころ、別館牡丹園に来ると琴子はこれしか食べなかった。この店の人気メニューは、ほかにも豚ミンチと筍《たけのこ》をオイスターソースで炒《いた》めたものをレタスに包んで食べる料理とか、丸谷《まるや》才一《さいいち》や小津《おづ》安二《やすじ》郎《ろう》が愛した炒鮮奶《シャオシエンナイ》という蟹《かに》、鶏、海老のミンチを卵白と牛乳で炒めた真っ白な料理など、いろいろあるのだが、琴子は頑《かたく》なにこれひとつにこだわって、親に面白がられたものだ。

ぜんぶ覚えている。忘れていたけど、料理を食べると味と一緒にみんな思い出した。

夫が持っていた、一度食べたものの味はぜったいに忘れないという、味覚の記憶力をうらやましく思っていたけれど、自分だってちゃんと持っているではないか。

(美味しいものを食べると、そのときの幸せな気分と一緒に覚えているんだよ)

夫の隆は言っていた。

(だからね、もう一度それを食べたとき、幸せな気分まで一緒に思い出すんだ)

——うん、そうかも。

そうかもね、隆さん。

(ほら、音楽もね。自分の青春時代に大好きだった曲は、大人になってもずっと心のどこかに残り続けて、その曲を聞くとその頃の気分を思い出したりするじゃない?)

れんげを口に運ぶと、柔らかくてなめらかな卵の舌ざわりが心地よい。

三十年のあいだに、失われたものもたくさんあるけれど、しっかり残っているものも、それはもう、たくさんあるのだ。

それに、一樹に教えてもらったケーキのように、新しい美味も生まれている。

朝からケーキをふたつも食べた後だったが、ぺろりと食べ終えて満足のため息をついた。

またここでこれを食べられただけでも、神戸に戻ってきて良かった。

「琴子さんが大好きなお店、僕も好きになりました。小海老の卵とじかけご飯も、麻《マー》婆《ボー》豆腐も、とっても美味《おい》しいですね。東京だと四川《しせん》料理のお店が多いから辛くって。

僕、あんまり辛いのは苦手なんです」

一樹も満足そうに目を細めている。

言いながら、彼はまたスマホに手を伸ばした。その表情が、なぜだかちょっぴり緊張したように見えた。

「――琴子さん。もう一件、ケーキのお店にお誘いしたいんですけど、さすがに今すぐはお腹いっぱいでしょう」

「そうね。さすがに、すぐには食べられないかも」

それに、もう十二時を過ぎてしまった。二時に人に会う約束がある。

こんなに一樹と気が合って、三軒もお店をハシゴするとは予想外だった。いつ切り出そうかと迷っていると、彼がまじめな表情でこちらを振り向いた。

「琴子さん。会ってほしい人がいるんです。これからちょっと、相楽園《そうらくえん》まで一緒に来ていただけませんか」

その口ぶりが真剣で、ひょっとすると一樹は、どういうわけか自分に恋人でも紹介しようとしているのではないかと想像した。

そう言えば、生田神社で彼はおみくじに「新規事業への挑戦は、延期が吉」と書かれているのを見て、ひどく落ち込んでいたではないか。もしや結婚しようとしているのだろうか。

――いやだ、こっちまでドキドキしてきた。

「かまわないけど、実は二時に人と会う約束があって。それまでの間なら」

「それは大丈夫です」

店を出て、元町駅の山側まで緩やかな坂道を上っていく。県庁のあたりは兵庫県警の本部や兵庫県公館があったりするけれど、もう少し西側や山側にいくと、とても静かな住宅地だ。坂が多くて疲れはするけれど、こんなところに住めたらいいだろうなと琴子が思う場所のひとつだ。

相楽園は、街中にぽっかりと残っている、明治《めいじ》のころの日本庭園だ。神戸市の所有となってから、一般に開放されている。

敷地内には、姫路《ひめじ》藩が参勤交代や遊覧に使用していた川御座船《かわござぶね》の屋形部分のみを保存していたり、旧ハッサム住宅を移築してあったり、見どころも多い。

入園料を払って中に入ると、つつじがたくさんつぼみをつけていた。

「広場のほうで待っているそうですから」

まだ緊張の面持ちでいる一樹に案内され、芝生を敷き詰めた広場のほうに進んでいくと、ベンチに腰を下ろしていたマスク姿の女性がひとり、こちらに気づいて立ち上がった。

「ええと、琴子さん。彼女は僕の婚約者で、藤堂由紀《とうどうゆき》さんです。由紀さん、こちらが村上琴子さん」

名前を聞いたとたん、琴子はびっくりしすぎて後ろによろめいてしまった。

——藤堂由紀さんですって！

それは、二時に琴子が会う約束をしていた女性の名前ではないか。

「これは——どういうことなの？」

非難の視線を、思わず一樹に向けてしまった。こんなの、できすぎている。今日初めて会った彼が、どうして琴子が会うはずの人を知っているのか。それも、婚約者だなんて。

「村上さん、初めまして。わざわざ神戸まで来てくださって、ありがとうございます。二時にお目にかかるはずが、こんなことになって驚かせてすみません。あらためて、ご挨拶《あいさつ》させてください。藤堂由紀と申します。村上先輩——村上隆さんの下で、七年ほどパティシエをやっていました」

女性は、ベージュのパンタロンに白いブラウスを着て、セミロングの髪はきれいに後ろでまとめている。小さなショルダーバッグと別に、保冷バッグのようなものも持っていた。今はみんなマスクをつける生活を送っているから、ぱっと見ただけでは年齢がわかりにくいけど、ひょっとすると一樹より少し年上ではないかと思った。

ふた月ほど前のことだ。

塾講師を退職して、ホッとするような、時間を持てあますような生活に戻った琴子に、手紙が届いた。

藤堂由紀という差出人の名前に覚えはなかったが、内容には軽く驚いた。

夫の隆が、定年退職後に自分の店を持とうと計画していたことは知っていた。だが、その夢に後輩をつきあわせようとしていたことは知らなかった。

『村上先輩と私は、一緒にオリジナルのお菓子のレシピを開発していました。新しいお店を開くにあたって、話題性があって、美味しくて、一度来てくださったお客さまが、リピーターになってくれるようなお菓子が必要だと思ったんです』

由紀は、隆が亡くなった後、会社を辞めて出身地の神戸に帰り、小さなパティスリーを持とうとしているらしい。

『もし神戸にお越しになる機会がございましたら、ぜひご挨拶したいです。本来ならこちらからお伺いすべきところ恐縮ですが、その節はぜひ、ご連絡ください』

そういう手紙だった。

その手紙を見て、重い腰を上げたのだ。

時間はできたのに、なんのかんのと理由をつけて来なかったのは、変わってしまった街を見るのが怖かったからだ。

「村上さん、どうぞこちらにおかけになってください」

由紀は、柔らかいしぐさで琴子をベンチに誘った。断る理由はない。

「実は、私が開こうとしているお店のお菓子のなかに、いくつか村上先輩と一緒に考えたレシピがあるんです。ですから、ひとことそれをお断りして、村上先輩のレシピを使わせていただくことにお礼を言いたくて」

「まあ――」

琴子はとまどった。料理のレシピに著作権はないのだと、隆から聞いたことがある。たとえレシピ通りにつくっても、料理人の腕前や勘で、できあがりが異なるのが料理だ。

だから、由紀が隆のレシピを使うことには、何の問題もないはずだ。

手紙で教えてくれればいいだけなのに、なぜわざわざ会いたいと書いてあったのか。

「これを、村上さんに味見してほしくて」

彼女が差し出したのは、保冷バッグだった。

「生ものですから、こちらから運ぶよりも、申し訳ないですけど来ていただくほうがいいと思ったんです。冷凍すると味や食感が変わってしまう恐れがありますし」

「これは――ケーキなの？」

「村上先輩のレシピでつくった新作ケーキです。五品あります」

――隆が考案した新作のケーキ。

差し出された保冷バッグを、琴子はおずおずと受け取った。

どうしよう、言葉が出てこない。

隆がつくったわけではないけれど、隆が考えて、つくろうとしていたケーキ。

「五品もあってごめんなさい。しかも朝から一樹がケーキ店めぐりにつきあわせちゃったそうで」

由紀が、じろりと一樹を睨《にら》むまねをする。彼は、じれったそうにじたばたと足踏みした。

「だって、生田神社でたまたま出会った人が、ケーキのアクセサリーを鞄《かばん》につけていたんだよ。これから由紀が開くケーキ屋のことを、おみくじで占おうとしていたらだよ！　神様が引き合わせてくれたんだと思うじゃない」

「それじゃ偶然――だったの？」

「村上さんが、よく神社の話を由紀にしていたんだそうです。だから、店のことを占うなら生田神社だと思って、行ってみたら琴子さんに会ったんですよ。お互いに自己紹介して、さらにびっくりしましたけど」

――それじゃ、隆さんが引き合わせてくれたんだろうか。

お店を開く不安を抱えた一樹と、神戸が変わってしまったと寂しがっていた琴子を出会わせてくれた。

「ずっと由紀にラインを送って、すぐ来てって言ってたんです」

「そんなこと言われても、約束の二時にあわせてケーキをつくろうとしていたのに、急につくれるわけないじゃない」

「うん、わかってるよ。急《せ》かしてごめん」

一樹がしょげている。ぷんと怒った顔だった由紀が、それを見て機嫌を直すのがわかった。このふたり、いいカップルだ。

「ケーキ、ホテルに入られた時にでも、どうぞ召し上がってください。ほんとは私のうちにお招きすればいいいんですけど、今は実家に住んでいて、とても雑然としているので」

「お店はどこに開くんですか？」

「元町四丁目の横町に入ったところです。小さなお店なんですけど、自分の予算ではそこしか借りられなくて。来月、オープン予定なんです」

「まあ、もうじきなんですね」

神戸は洋菓子店の激戦区だという。一樹が連れて行ってくれたモンプリュ一軒をとってみても、どれだけレベルの高い店がしのぎを削っているかわかる。そんな場所で、新しい店をかまえようという由紀の覚悟が、頼もしくてまぶしい。

「わかりました。あとでちゃんといただきますね。ありがとうございます」

「もし良ければ、感想を教えてください」

そこで、彼女は照れたように笑った。

「村上先輩は、試作品はいつも琴子さんに食べてもらっていると話していました。美《お》味《い》しいものが大好きな人で、プロじゃないから素直な感想が聞けて、とても助かるって」

――そんなことまで話していたのか。

「琴子さんに、もっと神戸の新しいケーキを食べてほしかったなあ。今日はさすがにもう無理でしょうし、明日《あした》はお時間ないですよね」

「ごめんなさいね。明日は娘と孫が来るの」

「それじゃ、アキトのミルクジャム、おうちに送りますからね」

一樹が残念そうにしている。

「渡辺君、今日は半日つきあってくれて、美味しいお店を教えてくれてありがとう。お店がオープンしたら、また遊びに行きますから」

ぱあっと彼の顔が輝いた。

「良かった、きっとですよ」

相楽園でふたりと別れ、受け取ったケーキの袋を大事に抱えて、坂道をゆっくり下っていく。

なんだか、不思議な旅になった。

予約したビジネスホテルは、むかし日東舘という書店があったあたりに建っている。あの書店も、震災を機に姿を消したようだ。

だけど、過去にとらわれすぎるのはもうやめようと、初々しいパティシエのケーキを抱えて琴子は思った。

ホテルに戻ると、チェックインできる時刻になっていて、預けておいたボストンバッグとともに部屋に入り、ベッドに腰を下ろしてホッとした。ケーキ店めぐりは楽しかったし、久しぶりの相楽園だったけれど、やはり少し疲れたようだ。

まだおなかがすいていないから、由紀のケーキを冷蔵庫に入れようとして、その前に中身を覗《のぞ》いてみた。

「これは――」

試作品だと言っていたが、とても美しい。

たしかに隆がつくりそうなケーキだ。彼のデザイン帳は、色とりどりのケーキで埋めつくされていた。

赤やオレンジのジャム、薄桃色のムース、メレンゲ、つやつやのチョコレート、そんな新作らしい五種類のケーキの隣に、琴子の視線を吸い寄せる白いシンプルな器があった。

「まさか、これって」

できることなら、もう一度食べてみたいと思っていた、隆のクレームブリュレ。

近ごろのビジネスホテルはコーヒー紅茶用のスプーンを置かず、木製の使いすてマドラーを置いているようだが、由紀が気をきかせて、スプーンとフォークを入れてくれていた。

どきどきしながら、表面の焦げたカラメルを見つめ、スプーンを入れる。なめらかなクリームを口に含むと、バニラビーンズの甘い香りとともに、独特のフルーティーな洋酒の香りがかすかに漂う。

――やっぱり。隆さんのレシピだ。

記憶にある、隆のクレームブリュレそのものだった。

「美味しい――」

美味しいものを食べると、そのころの思い出が一緒によみがえる。

本当にそう。美味しくて涙が出る。

嬉《うれ》しいのに、幸せなのに、どうして涙があふれて止まらないのだろう。

懐かしい人の懐かしい菓子を、別の誰かが作ってくれる。きっとそれは、神戸の新しい銘菓になって、誰かの心を癒《いや》してくれる。

誰かの記憶に残って、いつかまた時がたちふたたびその味に触れたときに、その思い出を呼び覚ましてくれるだろう。

来て良かった。旅に出て良かった。

街も自分も変わっていくけれど、それは自然なことなのだ。

琴子は、鏡を見ながらティッシュでそっと目のふちを押さえた。

ケーキを冷蔵庫に入れて、日の腫《は》れがひいて、少し足を休めたら、もう一度ひとりで街を歩いてみよう。明日、智恵とさくらが来たときに、胸を張って神戸の街を案内してあげられるように。

——神戸には、またすぐ来ることになりそうだし。

一樹と由紀のむつまじい姿を思い出し、琴子は微笑んだ。

下戸の街・赤羽

矢崎存美

矢崎存美（やざき・ありみ）

一九六四年、埼玉県生まれ。八五年、矢崎麗夜名義で星新一ショートショートコンテスト優秀賞を受賞し、八九年『ありのままなら純情ボーイ』で作家デビュー。主な著書に「ぶたぶた」シリーズ、「食堂つばめ」シリーズ、「ＮＮＮからの使者」シリーズ、『あなたのための時空のはざま』など。

美琴《みこと》は最近、実家のある埼玉県の田舎町へ戻ってきた。

関西《かんさい》で営業職として働いていたのだが、昨年の夏から会社の雰囲気が悪くなり、これでは先が見えない、転職でもしようか、と考えていたところで、同棲《どうせい》していた彼氏の浮気が発覚した。

その日は会社の飲み会だった。コロナでずっと自粛していたのに、社長が先代の息子になってからは強制的に参加させられるようになってしまった。美琴は下戸だから、当然のように運転手として。会社の雰囲気がよかった頃は、方向が一緒の人を送っても全然気にならなかった。美琴の厚意を、同じ気持ちで返してくれていたから。だが、今はそういう人たちこそ辞めてしまったり、あるいは異動させられたりして、誠実な人は残っていない。セクハラやパワハラも横行していて、もう辞めるつもりだったから、何も言わずに途中で帰ってしまったのだ。

そしたら、彼氏が浮気相手を家に連れ込んでいた。

「お前、飲み会で運転手するから遅いと思ってて！」

下戸であることをこんなふうに都合よく解釈される状況が心底いやになり、彼氏と

とはいえ、住んでいたマンションの名義は彼氏だったので、次の日には小さくなって帰ってきたが、

「あたしもう、会社辞めて実家に帰る。別れるからね」

そう言ったらメソメソ泣き始めたのがすごく不思議だった。

言ったとおり、会社に速攻退職届を出す。仕事の引き継ぎをしようにも、誰も気にしない。「必要ない」とか言われたけど、まあ、お世話になった取引先は、すでに辞めた先輩がとうに引き継いでいるし、別にいいか。

家の荷物は少なかったので、自分の車に全部積んで、そのまま実家まで走らせた。彼氏は車を持っていないし、家賃も一人では払えないだろうけど、知ったこっちゃない。

怒り狂いながら実家に着き、一週間くらい寝て過ごした。ストレスと疲れがすごくたまっていた。

落ち着いたら少し落ち込むかな、と思っていたが、全然そんなことはなく、むしろ怒りはいろいろと倍増した。主に早めに見切らなかった自分に対して。会社なんて、二代目になった瞬間にダメってわかってたのに八ヶ月も我慢してしまった。もう春ではないか。年末に辞めればよかった。さらに、彼氏の浮気も気づいていた。二十七に

もなれば、つきあっている人との結婚を意識する。時間がたてば収まるかな、と悠長にかまえてた自分のバカバカ！

この怒りを何かにぶつけたい、と思っていた頃、同い年の幼なじみ・梨亜《りあ》から電話がかかってきた。

「少し手伝ってもらいたいことがあるの。バイト代も出すよ」

梨亜は今、隣町でパン店を営む実家の手伝いをしている。

「パン屋さんで？」

人気店なので、人手が足りないのだろうか。接客は、学生時代のバイト以来だ。

「ううん、お祖父《じい》ちゃんの家の片づけを一緒にやってほしいの」

「あ、うん。いいよ」

今の精神状態からすると、接客より黙々と身体を動かす仕事の方がいいかも。

梨亜の祖父の家は、美琴の実家近くにある。子供の頃は梨亜の家族も同居していたので、よくお邪魔したものだ。

そういえば、けっこう長いこと空き家になっていると母に聞いたな。古いというより、ほぼ古民家なので、片づけるのも大変そう。

そんなことを思いながら、梨亜の祖父の家へ行く。玄関で、

「ごめんくださーい」

と声をかけると、奥から梨亜が出てきた。

「久しぶりー」

こうして直接会うのはいつ以来だろう。実家に帰った時は必ず会っていたけれど、最近は忙しくて帰れなかった。

「ごめんね、わざわざ。荷物の仕分けを手伝ってほしいんだ」

「うん、わかった」

玄関を上がって左側には長い廊下がある。庭に面していて、掃き出し窓を開ければ縁側にもなる。座敷のふすまや障子は取り外され、広い日本間が広がっていた。

「おー、相変わらずいい雰囲気」

冬は寒いけど。夏は虫がすごいけど。

「実はさあ、この広間を客席にして、カフェをやろうと思ってるんだ」

突然、梨亜が言う。

「えっ、そうなの!?」

それは初耳だ。

「まだ家族にしか相談してないし、とりあえずこの家を片づけてからじゃないとどうにもならないんだけど」

広間の奥にうずたかくダンボール箱などが積み重ねられ、開かれた押し入れの中にも荷物が詰められている。わー、確かにこれは時間がかかりそう。

「思い出の品はよけて、いらないものは捨てたり売ったりしてもいいって言われてるけど、使えるものは使いたいから。とにかく使えそうなものとダメなものを分けてほしいの」

「わかった」

二人で黙々と仕分けをする。着物はもちろんだが、洋服も大量に出てくる。

「これ、古着屋に売れるかも」

美琴が言う。

「洋服は捨てようと思ってたんだけど……」

「古い服の方が生地とかいいから、けっこう売れるよ」

「そうなの!? 着物は売ろうと思ったんだけど、ええー、少しでも資金源にしたいからなあ――」

梨亜はぶつぶつ言いながら大量の服を見定め始めた。

他にもインテリアに使えそうな古い家具が大量に出てくる。

「この扇風機、動くわ！」

梨亜の、古いプラグを古いコンセントに突っ込む勇気にハラハラしつつも、大笑いしてしまった。

そんなことをしているうちに、あっという間にお昼になる。

「お弁当持ってきたよ」

梨亜は、ゴマをまぶしたおにぎりと、スープマグに入った野菜たっぷりのカレースープ、そしてデザートの小さなビスケットを美琴に差し出した。

「おいしい――」

梨亜の料理はおいしい。特に焼き菓子が絶品だったことを思い出した。高校まで一緒だったから、しょっちゅう彼女の料理やお菓子を食べていたなあ。梨亜自身、振舞うことが好きな人だから、カフェの経営は納得だ。

「梨亜の作るものは、どうしてこんなにおいしいんだろうね」

ただのおにぎりとカレースープなのに。

ビスケットは生姜《しょうが》がきいていた。ピリッとするのに甘くて、パリッとした歯ごたえなのにホロホロ溶けていく。

「カフェ、絶対に成功するよ!」

「みこちゃんはいつもそうほめてくれるけどね」

梨亜は苦笑した。

「でも、カフェはやっぱり商売だから……」

「パン屋さんではやらないの?」

「うーん……親もそう言うんだけどね……やっぱ自分でやりたいなって」

「ずっと『お菓子のお店やりたい』って言ってたよね」

小学生の時から。梨亜のお店なら、たらふくただで食べられるとか子供だったから思ってたなあ。

「梨亜のすすめてくれるものはみんなおいしかった。そういえば昔、『取材』って言って一緒に食べ歩き旅行したね」

大学時代に、梨亜が関西に来てくれたのだ。美琴はそんなにおいしい店を知らなかったが、彼女は調べ上げていて、自分はただレンタカーを運転しただけ。二人でおいしいものを食べまくった。あの時はお菓子だけではなかったが。

「行ったねー。楽しかったなあ」

「今も行くの？」

「もちろん。やっぱお店やるなら、食べて研究しないとね」

「一日お菓子ばっかり食べるの？」

「お菓子取材の時はそうだよ。ごはんを犠牲にしてお菓子を食べるの。だから、たいてい一人で行く」

その時、美琴はハッとした。

「ヤケ食い……」

「え？」

「梨亜、あたしヤケ食いしたい」

「なんで？」

美琴は実家に帰ってきた経緯を話した。

「おお……なんか怒濤《どとう》の展開だったんだね」

「なんかまだ腹が立ってるの！」

単なるヤケ食いではこの気持ちは収まりそうになかった。でも梨亜についていけばそれは、おいしいもの、しかも大好きなお菓子のヤケ食い——それって一石二鳥ではないの⁉ ものすごく気分よくなりそう！

「取材旅行に連れてって！　ごはんをお菓子に置き換えても全然平気だし、運転手ならできるから！」

「ほんとー？」

梨亜はびっくりしたような顔をしていたが、

「じゃあ、近場、っていうか東京だけど、行きたいところがあるんだ。一緒に行く？」

「行く行く！」

「日帰りでもいいけど、一泊くらいすれば余裕で回れる」

「どこに行くの？」

「赤羽《あかばね》」

それって聞いたことある。東京都北区《きた》にある街。そういうタイトルのマンガだかドラマだかあったよね。

「赤羽って、よくテレビで特集されてるとこでしょ？」

芸能人が食べ歩きとかしていた。おいしそうなお店とかもあるところ。でも……。

「でも梨亜……あたしたち、下戸なんだよ」

そう、美琴だけでなく、梨亜も。

赤羽といえば、「せんべろ」の街として有名ではないか。せんべろとは、「千円でべろべろになれる」の略で、安くて楽しい飲み屋さんがたくさんある街なのだ。って、テレビで見ただけの知識だけど。

「下戸には敷居の高い街じゃないの？」

「何言ってんの！　今赤羽に来てるプチブームを知らないの？　知らないか」

梨亜は自分でツッコんで笑った。

「うちが勝手に言ってただけだった。けど下戸でも大丈夫。行くのはお酒のお店じゃないからね！」

「そうなの？」

飲み屋さん以外のお店の記憶は、ほぼない。

「どんなものがあるの？」

「たとえばね——東京一おいしいフィナンシェ」

「ええっ⁉　梨亜のよりも？」

梨亜の実家のパン屋さんで売っているフィナンシェは、彼女が作っているのだ。しっとりした歯ごたえとバターの香り、アーモンドの風味がお茶によく合う。

「負けてないけど、そこのが好きなんだよねえ」

残念そうに梨亜は言う。

「え、てことは——ほんとにお菓子屋さん？」

「そう、主に焼き菓子を出している小さなカフェが、赤羽には今たくさんあるんだよ！」

ということで、それから一週間後に梨亜から連絡があった。

「赤羽に行くよ！」

順調ならば、車で二時間くらいで着くはず。日帰り小旅行で済ませられる距離なのに、ホテルを取ってくれた。

「なんか行きたかった小さなホテルが休業してるみたいで、ビジネスホテルになっちゃった。でも新しくて駅近だから許して」

そんな。全部まかせっぱなしなのに、文句なんて言うわけない。

「何時くらいに出発？」

「うーん、ほとんどのお店が十一時過ぎに開店だから、その一時間前くらいに着けばいいかな。八時くらい？」

「わかった」

金曜日出発だから、そんなに道も混んでいないだろう。

ということで朝八時頃、梨亜の車で出発した。二人でこんなふうに出かけるなんて久しぶりなので、音楽のプレイリストとか作ってしまった。お互いお気に入りの曲などをすすめ合い、歌いながら、のんびり休憩もしながらのドライブ。残念なのは、高速のサービスエリアで何も食べられないこと。行きと帰りで寄れるところが違うから、保《も》ちのいいおみやげは買ったけれど。

どんなお店に行くかは、梨亜に「説明しなくていい」と言っておいた。美琴としては、何も知らずに行く方が楽しそうと思ったから。

予定どおり、二時間ほどで赤羽についた。予約したホテルに駐車場はないが、コインパーキングはたくさんあるので、そこに停める。チェックインは午後二時だ。ホテルは駅の西口近くにある。新しくてとてもきれいだ。電車を使う人からすれば、駅からのこの近さも魅力だろう。美琴の住む町から電車で来るには不便すぎるが。

「まずは東京一おいしいフィナンシェのお店に行きます」

いきなりか！

「ここからだとどのくらいの距離なの？」

「うーんと、十五分くらいかなあ。南側の住宅街の中にあるんだよね」

梨亜はそのお店には何度か訪れているという。週末しかやっていない店なのだそう。

さっそくスマホのナビに従って出発する。

なのに迷って、お店に着いたのは三十分後だった。

「あたしたちって方向音痴だったよね」

「でも昔はナビがなかったから！」

そんなことを言いながら、二人で笑った。迷っても楽しい。久しぶりに話すと、話題が尽きない。

お店は運動公園の隣にあって、本当に静かなところだった。ブラウンを基調とした上品な落ち着いた店舗で、女性のパティシエさんが一人でやっている。マフィンが主だが、カットケーキやシフォンケーキ、そしてもちろん焼き菓子もある。

「スフレチーズケーキもおいしいんだけど、今日はないみたいだね」

日によってケーキは替わるみたい。小さい店内にはかわいらしい客席が三つほどあるが、今は中では食べられない。そうか、コロナだから……。

お目当てのフィナンシェやシフォンケーキ、季節ものの桜のシュークリーム、他クッキーやパウンドケーキ各種、さらにマフィンも買う。マフィンは小ぶりだが、けっこう重い。食べでがありそう。テイクアウトでチャイを頼んだ。梨亜はエルダーフラワーのソーダだ。

「公園で食べようよ」

今日は天気もいいし、風もほとんどない。こうやってすぐに食べられるのがうれしい。

少し咲き始めている桜のそばのベンチに座る。

「フィナンシェ食べる？」

梨亜にたずねると、

「夜にとっとこうかと思ってるよ」

下戸なので、夜は買ったお菓子をホテルで食べまくろうと話していた。

「お腹すいてるとなんでもおいしいじゃん」

なるほど、今は確かに空腹だ。

「じゃあ、あたしも夜に回す」

まずは桜のシュークリームを二人で頬張る。

桜の香りと白あんのような甘さとしょっぱさが口の中に広がる。塩漬けの桜がクリームに練り込まれている。和菓子テイストだ。シュー生地は硬めだが軽い。おいしい。

「この季節、つい桜もの食べちゃうよね」

「甘じょっぱくてクセになるよね」

シフォンケーキも食べる。持ち歩くとつぶしてしまいそうだから。定番の紅茶とピスタチオ。どちらも風味がしっかり感じられる。

「ピスタチオも食べちゃうよね」

「ヘーゼルナッツにも弱くてね」

好みがほぼ一緒なのがうれしい。

残りの焼き菓子は夜のお楽しみだ。飲み物を飲みながら、再び駅方向へ向かう。

「前に来た時さ、奥のソファに赤ちゃん連れのお母さんが座ってて」

梨亜が言う。

「抱っこしたまま、ケーキ食べててね。そうかと思うといかにも近所って感じのおじいさんがコーヒーのテイクアウトしてたりしてた。すごく地域に愛されてて、いいなと思ってるんだ」

「けっこう長くやってるんだね」

コロナ前から、ちゃんと常連さんがついているってことだ。周囲に同じような店はないみたいだし、住宅街の中のオアシスなんだろうな。

「とにかくフィナンシェ買えてよかった。明日《あした》だとなくなってる場合あるから。ほぼ目的は達したも同然だよ！」

「ちょっと気ぃ早くない？　まだ一軒目だよ」

「そうだった！」

フィナンシェのお店は他のところと少し離れているが、他の目的店同士はほどよい距離なのだそう。

「固まっているわけでもないけど、移動にはそんな時間はかからないよ。ここに住んでたら散歩コースにするのにっていつも思う」

「でも、お菓子買って食べてたら散歩する甲斐《かい》がないね」

「お菓子のために散歩するんでしょ！」

「お菓子が先か、散歩が先か」

また笑い転げているうちに駅の西側に戻ってくる。次のお店は、さらに小さなところだった。開店前だが、すでに行列ができている。

「イートインがあるけど、三組くらいしか入れないからだいぶ待たないといけないかも」

「いいよ、天気いいから」

幸いベンチに座れた。白木やお花をふんだんに使ったかわいらしいたたずまいだ。

手書きの看板もすてき。

「ここは駅からけっこう近いみたいだね」

駅から三分くらい？

「でも、人通りはそんなにない感じ。東側と比べると——」

そう言いかけて、ふと向かい側の建物が目に留まる。

「あそこってスーパー？」

梨亜にたずねると、

「そう。出入口があるでしょ？　あそこは西口の住宅街に帰る人が出るところなんだよね」

梨亜はしっかり分析していた。なんでも、向かいのスーパーは西口で一番大きい。西側は主に住宅街なのだが、そこに住む人たちはここで買い物をして、あの出入口から出て、向かい側の道を通って帰る。このお店は、そういう人たちの目に必ず留まる位置にあるのだ。

「場所は直感で選んだってオーナーの人は言ってたけど、もう支店もオープンしてるんだよね。あたしもそういうビジネスの勘に恵まれてるといいな」

一生懸命考えて出店しても、うまくいくとは限らないからね……。

「さっきのお店も女性がオーナーだったけど、ここも？」

「ていうか、目立つのが女性店主のところかな？　ここは特に、赤羽の小さなカフェブームの火付け役的なお店みたいだから」

「どうぞー」と声がかかった。入ってすぐ左手にケーキなどが並んだケースとその奥に小さな厨房。右手の客席は壁に向かったカウンター席だけで、本当に四〜五人くらいでいっぱいになってしまう。でもインテリアや照明などがとても凝っていて、何を置いてもどう撮っても写真映えしそうだった。

注文してから席に座るシステムなので、カップ型のショートケーキ、ティラミス、そして看板メニューだというチーズケーキを注文する。チョコと迷ったけど、キャラメルにした。クッキーも買う。プレーンとチョコとクランベリー。プレーンは顔が描いてあってかわいい。

飲み物はアイスコーヒーとチョコミルク。メニュー表までいちいちかわいいのだ。そして、トレイの上に注文したケーキとクッキーを並べ、写真を撮るとなんとおしゃれなことか！

ケーキは小ぶりだが、見た目よりずっと満足感がある。ティラミスは苦みがきいているし、チーズケーキは濃厚でキャラメルの風味が大人っぽい。甘さは控えめだ。

「今日は工房、オープンしてますか？」

梨亜が帰り際に質問する。

「はい、開いてますよ」

「スコーンあります？」

「はい」

裏の住宅街にワークショップなども行う週末のみのお菓子作り工房があり、こちらとはまた違う焼き菓子が置いてあるという。

「みこちゃん、スコーン大好きだったよね？」

工房までの急な階段を上りながら、梨亜が言う。

「よく憶えてるねぇ」

「ここのは甘いのだから、そのまま食べられるよ」

バターやジャムをつけて食べるのも好きだが、おやつスコーンも大好き。

「梨亜、昔よく作ってくれたね」

クリームティー（スコーンをお茶等と一緒に食べること）というものを初めて知ったのは、梨亜が焼いてくれたスコーンを食べた時だった。

「あー、試作品よく食べてくれたね。あんまりおいしくできなかったのに……」

「そんなことないよ」

当時の梨亜のスコーンは、たしかに少し粉っぽかった。でも、手作りのクロテッドクリームと近所で採れたいちごのジャムとで食べたから、唯一無二の味だった。

「今はだいぶ上手になったよ」

こんなところにお菓子屋さんがあるのか、という古い住宅街に入り込むとまもなく、工房の入口を見つけた。ここも甘い香りに満たされている。

スコーンは三種類。プレーンと紅茶、そしてチョコチップ。フィナンシェもあった。ここのはちょっとハードタイプ？

もうすでにバッグの中は焼き菓子でいっぱいだ。しかし、まだまだお腹には余裕があるし、エコバッグもいっぱい持ってきてるし！

「次は比較的新しいカフェだよ」

東口を荒川《あらかわ》方面に進んで、北赤羽《きたあかばね》へ通じる大通り沿いにそのカフェはあった。ここも店主が女性で、全七席と少ないが、素朴な木造りの内装で、温かみがある。

焼き菓子とロールケーキ、お食事も少しある。なんとおにぎりだ。

「この間のお昼、これ意識して作っちゃった」

スープは菜の花のポタージュだけど。

いいな、おいしそう、食べたい。しかし……ここでこれを食べるとそれだけお菓子が食べられなくなる。ここは我慢がまん。

桜のロールケーキとトライフルみたいなカップデザートを店内で、マフィンやパウンドケーキ、サブレをテイクアウト、飲み物は濃いミルクティーとはちみつ豆乳ラテにした。

ここは店内が少し暗めなのだが、そのせいか、光の入り方が面白く、レトロな感じの写真が撮れる。

ロールケーキは見た目も端整で、桜の風味はほのかだが、クリームは軽く、スポンジは柔らかい。カップデザートのスポンジはそれとは違い、米粉のらしい。しっかりとした歯ごたえだ。お酒やシロップとかには漬けていないのかな？　だからトライフルって言ってないのか。

「こういうデザートって、なんか特別って感じしない？」

「お母さんがたまに作ってくれるデザートってイメージかな」

あー、梨亜の言葉についうなずく。ここのデザートはそうではないだろうが、トライフルって元々ありあわせで作ったりしていたらしい。しかし作るにしたって材料がなければ作れないわけで。シェフの、いや家庭の気まぐれデザートだから、いつもあるとは限らない特別さがある。

こんなすてきなカフェが、同じ街に、しかも徒歩圏内に三つもあるなんて。うちの町も、車でならいくつもいいカフェに行けるのだが……けど、梨亜のカフェがオープンすれば、徒歩で行けるな。

「ここに住みたいとか思わなかったの？」

ふと梨亜にたずねる。彼女は以前、この赤羽にも近い川口《かわぐち》に住んでいて、カフェに勤めていた。修業していたということか。

「うーん、地元に戻ってカフェやりたかったからね。でも、あたしが川口にいた頃は、赤羽にあんまりカフェがなかったんだよ。ここまで増えたの、すごく気になっててさ」

「増えたのは何が理由なの？」

「団地を建て替えたりして、住人の層が少し変わったからかなあ。大学のキャンパスもできたけど、コロナであまり人通ってないみたいだから……。どっちにしろ、若い住人が増えたんだろうね。あとはお店の人が、SNSを上手に使ってるっていうのもあるかな」

すでに三軒ともインスタをフォローしてしまったもんな。

しかし次に行ったお店は、SNSどころか、電話番号すら非公開。不定休なので、遠くからわざわざ来てもやっていないこともあるらしい。

が、雑誌等によく載る有名なプリン目当ての人が絶えないお店だ。こういうお店もあるんだなあ。

「もちろん、コーヒーもおいしいよ」

ここもこぢんまりした店舗だが、内装には独特のセンスが光る。バラバラの椅子やソファが不思議にまとまっているし、手描きの絵があちこちに飾ってあって、これがまた味がある。

プリンは高脚のステンレス容器で供される。レトロでかわいい。カラメルがたっぷりで、ふわっふわなホイップクリームがどっさりのっている。硬めで玉子の風味が強い。

コーヒーは苦めでしっかりした味わいだ。甘いプリンとよく合う。

「昔の喫茶店風だよね、コーヒーもプリンも」

梨亜の言葉に美琴もうなずく。

ここも近所の人の憩いの場という感じだった。お客さんの年齢層が様々だ。内装は個性的だけど、雰囲気はなぜか落ち着く不思議なカフェだった。

次の店は大通りを南へ行ったところにあった。残念ながら、カフェ営業はお休みしている。

「昔は奥で食べられたらしいけど、コロナでずっと休止してるんだって」

おのれコロナ。

しかし、そろそろお腹もいっぱいになってきたので、カットケーキを買って、ホテルの部屋で食べることにする。

ケーキの種類でいえば、ここが一番多いかもしれない。カフェというより「洋菓子店」だ。オーソドックスでシンプルだが、どれも彩り豊か。焼き菓子もかなり種類がある。

ここのロールケーキもおいしそう。もうホテルに帰るだけなので、ついついたくさん買い込んでしまう。いちごと抹茶尽くし。そして焼き菓子も――なんとクッキー缶がオリジナルだ！　かわいい！　当然買うよね。

おしゃべりもたくさんしたから、もう夕方だった。百円ショップで紙皿などを、そしてホテル近くで見つけたスペシャリティコーヒー店でドリップバッグも買う。

「スコーンもあるし、おいしい紅茶も持ってきたから、アフタヌーンティーごっこしない？」

「あ、高校の時、学校でやったねえ」

ケーキやサンドイッチを半分こにしてきれいに皿に並べるだけなんだが。

「サンドイッチないけど」

「じゃあ、テイクアウトしようか」

ホテル前の坂をちょっと行ったところに、老舗《しにせ》のフルーツパーラーがあった。

「あっ、ここ知ってる！　フルーツサンドがおいしいところ」

テレビで見たことある！

「もう一軒フルーツサンドが推しのお店もあるから、明日《あした》行こうね」

ミックスサンドをテイクアウトする。フルーツサンド入りなのだ。今流行《はや》りのではなく、細かいカットフルーツと生クリームのフルーツサンドなんて、久しぶりかも。

薄暗くなってきた駅前には、たくさんの人が行き交っていた。帰ってくる人とこれから飲み屋街へ向かう人が混じっているんだろう。コロナの自粛ムードはまだ払拭《ふっしょく》しきれていないみたいだが、それでも人は充分多い。

夜の飲み屋街に繰り出し楽しく飲む、ということこそ、赤羽での「観光」なのだろうが、そういう意味での観光って一切しなかった。でも、梨亜と美琴がお酒を飲めないように、甘いものでは全然楽しめない人だっているだろう。お酒の代わりにお茶やコーヒーを、おつまみの代わりにお菓子を食べているだけの違いなのだ。

うーん……どちらも健康的かって言われるといい勝負かもしれないが、それをやらないと元気出ない時もあるってことなのかも。お酒飲む人の気持ちが、少しわかった気がした。

ホテルに帰って、紙皿に買ってきたサンドイッチ、スコーン、カットケーキや焼き菓子を並べる。サンドイッチの皿はフルーツサンドの他ハムサンドと野菜サンド。スコーンの皿には甘いのを三種と、最後のデザートの皿には、ロールケーキやフィナンシェ、パウンドケーキなどを載せる。

スタンドはないけど、あるつもりで食べるのなんて、二人にはお手の物だ。

「お茶は何になさいますか？」

梨亜が気取って訊《き》いてくる。

「ダージリンをいただきますわ」

「じゃあ、わたしはグァテマラの深煎《ふかい》りにしますわ」

お湯は電気ポットで沸かせるので、梨亜がいれてくれる。とはいえ、ティーバッグは簡単だ。問題はコーヒーのドリップバッグ。

「人によってドリップバッグって味が変わらない？」

慎重にお湯を入れている梨亜に話しかける。

「そうだねー。コーヒーのドリップは難しいと思うんだよ、あたしも」

「でも、カフェの飲み物ってやっぱりコーヒー中心？」

「紅茶もやりたいけど、そんなに種類多くできなそうだし……自家製のシロップ作ってジュースとかソーダも出したいしね」

「ああ、果物は手に入れるのが楽だもんね」

田舎はそういう点はとてもいい。会社勤めをしていた頃、果物は高くて買うのを躊《ちゅう》躇《ちょ》したものだ。

「あの家、エルダーフラワーも咲いてるし、梅も親戚《しんせき》からもらえるから、いろんなシロップ作れそうなんだ。ハーブティーも自家製できそうだし」

ソーダに手作りアイスを載せたり、シロップを紅茶に入れたり——メニューがどんどん広がる。

「カフェに勤めてた頃の先輩がコーヒーのこと勉強しに赤羽に来てたんだよね」

「え、そんなところが？　学校？」

「ううん、コーヒー屋さん。明日行きたいけど、開いてたらいいな」

不定休の店が多いみたいだけど、利用するのは常連さんばかりだから、大丈夫なんだろう。

紅茶とコーヒーの準備ができた。まずはセオリーどおり、サンドイッチからいただく。でも、ついフルーツサンドを手に取ってしまう。

細かく刻まれたシャキシャキのフルーツと生クリームが甘く溶け合う。クリームと混ぜるとしつこくなることもあるが、ほどよいバランスだ。果物の熟れ具合によって変えてるのかな。

「昔からの味なんだって」

ミックスサンドに入っていることがまたいい。お昼に食べるとうれしくなりそうな組み合わせだ。いや、いつ食べてもうれしいけど。

スコーンはチョコチップがゴロゴロ入っていた。ケーキとはまた違う甘いおやつだ。

「スコーンはそのままでもおいしいけど、あったためるともっとおいしいよね。けど、うまくできなくて」

　すると梨亜が、

「家での失敗しないやり方はね、電子レンジに十〜二十秒かけて、そのあと焼き芋ホイルでくるんでオーブントースターで二〜三分あっためる」

　と教えてくれた。

「焼き芋ホイルって何⁉」

「スーパーで売ってる黒いホイル。あたしは最近、これにくるんで何でもトースターに突っ込む。消費が激しいよ。もちろん普通にさつま芋くるんで、グリルで焼くとおいしい焼き芋もできる」

　いいこと聞いた。帰ったらさっそくやってみよう。まずは焼き芋ホイルを手に入れなければ。

「チョコレート系のって、ちょっと溶けて香ばしくなるよね」

　紅茶のスコーンは温めると香りが立つ。もちろんクリームをつけてもおいしそう。

　そしてついに——東京一おいしいフィナンシェだ！

「あ、しっとりしてる」

　今まで食べたのは、しっかりしているフィナンシェが多かったような気がする。梨亜のもしっとりめだが、それよりもだ。

濃厚なアーモンドとバターの香り。ねっちりと言ってもいいくらいの歯ざわりなのに、ホロッとほどける。ちょっと甘めで、紅茶にすごく合う。

「お茶の味も引き立てるね」

こう言ってはなんだが、サンドイッチやスコーンよりも進んでしまう。おいしいお茶やコーヒーと一緒に食べたいお菓子だ。

「これがねえ、あたしは東京一おいしいフィナンシェだと思うの」

「確かに食べたことないかも。もっと買っておけばよかった」

しかし、あまりたくさんあったわけではなく……他のお客さんのことを考えると全部買い占める勇気もなかった。賞味期限も短いし。もう一つしか残ってないんだけど！

「東京一は譲るとしても、埼玉一くらいにはなりたいよ」

「埼玉一は梨亜のだよ。お世辞抜きでそうだと思う。このフィナンシェとだって、いい勝負だよ」

梨亜はニコッと笑って、

「ありがと」

と言った。ちょっと自信なさげだが、美琴はほめること以外の言葉が浮かばない。お菓子作りのことなんて知らないし。人を励ますって難しい。

「あの家を、どんなカフェにしたいの？」

ロールケーキを頬張りながら質問すると、梨亜はうーんと唸《うな》る。

「今日行ったみたいな小さいカフェがいいなと思ってるけど、家自体は広いし……。うちの町は赤羽とは全然違うから、まだ迷ってる」

「何が受けるかわかんないもんね」

よさそうな条件をすべてそろえても、それでうまくいくとは限らない。

「でも……勤めてたカフェもそうだったし、この赤羽のもそうだし、うちの近くにあるカフェも、あたしの好きなカフェはみんな、好きなものを無理しないでできる範囲で提供するってスタンスな気がするの。一人で全部やるか、たまに手伝ってもらう人も一人か二人くらいでできる規模がいいなって思う。うちのパン屋も、最初はそうだったしね」

今は有名店になって、店舗も大きくなったのだ。

「広い家だからって、客席をいっぱい取る必要もないもんね」

「問題は駐車場じゃない？」

車なら、けっこう遠くからも来てくれる。

「そうかも。うわー、庭の整備もしないとダメかー。まだまだ先は長いなー」

「ヒマだから、手伝ってあげるよ」

「就職活動は？」

「もちろんいつかはしなくちゃだけど……」

美琴は、あの古い家の整理がけっこう気に入っていた。思いがけないものがたくさん出てきて、飽きない。もう少しだけ、梨亜を手伝いたい。

とはいえ、まだいろいろ手を入れなきゃだし、草ボーボーの庭は確かに大変だ。これから暑くなるし。

でも、お弁当もおやつも期待できるとなれば、働きがいあるというものだ。

次の日は、なんと朝食&ブランチカフェから始めるという。

「そんなすてきなカフェがあるの!? 赤羽って、よく朝から飲める立ち飲み屋があるってテレビかなんかで見たけど」

「あれは九時くらいからかな。あるいは朝までやってるところか。今はどうなのかなあ」

梨亜、飲み屋さんの情報も知ってるのか、下戸なのに。

「実は元はコーヒー屋さんだったの。焼き菓子も出してて、それ目当てに行こうとしてたら、朝食とブランチのカフェにリニューアルしてね」

「へー。焼き菓子はもうやってないの？」

「ううん、ちょっとあるみたい。焼き菓子専門のカフェは、赤羽から二駅目の王子《おうじ》にオープンしたんだって」

おー、ここも手広くやっているのね。

「迷ったんだよ。昔ながらの老舗《しにせ》喫茶店のモーニングか、カフェの朝食か」

「あ、喫茶店もいいねえ」

「すごく種類があるんだって、定番のトーストから、おにぎりとかお魚定食とかの和朝食もあるし、プリンもあるし。こっちがよかったかな？」

確かに大いに惹《ひ》かれるが、

「いやー、あたしはとにかく食べまくれればいいから。梨亜の選択を信じてるし」

ということで、当初の予定どおり、朝食&ブランチカフェを目指す。そこは、荒川の近くの住宅街にあるという。川を渡ると、埼玉県なのだ。

住宅街に入って、やはりこんなところに店なんてあるのか、と思った頃に、モダンでおしゃれな建物が現れた。

「すてき！」

昨日今日で赤羽の印象が変わっていた。下町の飲み屋街という印象から、個性的な個人店ががんばっている街、と。

「先輩に言わせると、昔もそんな感じの街だったんだって。でもそういうお店の高齢化が進んで閉店が続いて、ちょっと元気がなくなってたんだけど、最近また増えてきたってことだよね」

コロナ禍をチャンスだと思う人もいる。元気でたくましい人に触れていると、だんだんと自分の怒りなんてちっぽけなものと思えてくるような気がする。

もう朝食というよりブランチの時間だった。昨夜はおしゃべりして夜ふかししたし、他のお菓子屋さんが十一時くらいにならないとオープンしないので、朝はホテルでゆっくりと過ごせた。

ブランチは、オーソドックスなパンと玉子とソーセージ、アボカドトースト、サラダボウル。全種類食べることも考えたが、パウンドケーキも食べたいので、玉子とソーセージ、そしてアボカドトーストにしておく。

パウンドケーキはバナナとキャラメルを食後に、その他のは持ち帰りにした。

飲み物は、やはりコーヒー。そして、梨亜のおすすめは、

「チャイラテ！　豆乳のなんだけど、とてもコクがあって、スパイスもきいてる」

「じゃあ、あたしはそれにする」

梨亜はブレンドだ。

外側はモダンだが、中は木をふんだんに使っている。古民家をリノベーションしたってネットに書いてあったから、梨亜の参考にもなるだろう。

盛りつけもとてもおしゃれで、写真撮りまくりだ。こういうものはナイフとフォークで食べたい。しかし、パンって……パンって、切るのがどうしてこんなに難しいのか。

「もう手づかみで食べるしかないよね！」

そして、そうやって食べるとまたおいしいのはなぜなのか。おしゃれな朝食をおしゃれに食べられない呪いでもかかっているのか。

スパイスたっぷりのチャイは、ポットというか小鍋《こなべ》で来た。量はたっぷりだ。豆乳であっさりだからか、どっしりとしたパウンドケーキに合う。ケーキも風味が豊かだ。チャイもそうだが、スパイスの使い方に惹かれる。こんな朝食だったら朝から元気よく動けそう。

食べ終わってから、せっかくなので荒川の河川敷まで歩く。川幅、広いな！　土曜日の朝だからか、ジョギングしていたり自転車を走らせていたり、犬を散歩させたりしている人が多い。

昨日買って食べ切れなかったお菓子を川にせり出す小島のベンチで食べた。静かだし、広々していて気持ちいい。

「さて、今日はあとどこに行こうかな」

と梨亜がお店のリストを見せてくれた。

新しいフルーツパーラー、坂道の途中のカフェ、ボリューミーサンドイッチのお店、バラ館のカフェ、コーヒー師匠のお店、お寺のカフェ、ベーグル屋さん、スタンドタイプのコーヒー店、薬膳ジェラートのお店、昔ながらの喫茶店——まだまだ続く。

「もうあたしはどこに行ってもいい。全部巡るのはやっぱり無理だったねえ」

「ごめんよ、つい話し込んじゃうから……」

「いやいや、お菓子っておしゃべりしながら食べるとやっぱり違うんだよ。二人で『おいしい』って言い合うと、何倍かおいしさ上乗せになる」

そうだね……。もっと気兼ねなくそういうことができるようになるといいな。

「でも、一人で食べてもおいしいものはおいしい。そういうお菓子を出せるお店にしたいよ」

そんなことを話しながら河川敷から駅まで戻ってきたら、突然声をかけられた。

「梨亜ちゃん？　梨亜ちゃんじゃない？」

振り向いた梨亜は、その女性に駆け寄る。

「太田《おおた》先輩！」

「久しぶりだね」

「こちらこそです！　ご無沙汰《ぶさた》してます」

「何、桜スイーツ食べに来た？」

「そうなんです〜」

ああ、この人がカフェの先輩の人。

「わたしは今日、コーヒー買いに来た」

「えぇー、師匠のお店？　じゃあ、開いてるんですね？」

「うん、一緒に行く？」

「行きます！　あっ、みこちゃん、いい？」

「もちろんいいよ！」

駅前の商店街を抜けた小学校の裏手に、そのコーヒー店はあった。カウンター席のみだが、見たことのない機械がいっぱいある。コーヒーのロースターだ。

ここで美琴たちは、産地や豆の精製方法がみんな違うコーヒーの飲み比べを体験した。焙煎《ばいせん》で味が変わるというのくらいは知っていたが、豆の鮮度やお湯の温度、フィルターの違い、さらにいえばいれたてと少し時間を置いたものでも味が変わるなんて知らなかった。

マスターが一つ一つ教えてくれるし、質問にも丁寧に答えてくれる。梨亜は当然、美琴までおすすめの豆をつい買ってしまったほどだ。

「いやあ、ほんと勉強になるわ〜」

梨亜の言葉には実感がこもっていた。コーヒーって奥深い、と美琴は思ったが、こだわろうと考えればいくらでも追求できそうで、いや、とても自分の手には負えない、とも思ってしまった。

梨亜と太田先輩のカフェ談義は止まらない。

「あっ、ごめん、もう帰るね。二人で来てるのにお邪魔して……」

申し訳なさそうに先輩は言うが、

「いいんです。もっと聞かせてください」

美琴は言う。

「そうなの……？　じゃあ、わたしにおごらせて」

そう言って彼女は、かき氷専門店に連れていってくれた。

「あー、ここリストに入れ忘れてた！　よかった、連れてきてもらってー」

梨亜が叫ぶ。

「一年中純氷のかき氷が食べられるよ。ランチもやってる」

自家製シロップがたくさんある中に、

「桜のかき氷がある！」

夏にしかかき氷を出さないお店では味わえないものだ。

美琴はそれを選び、梨亜はいちごとホワイトチョコ、先輩は抹茶あずき。

二人のおしゃべりを聞きながら、美琴は桜のかき氷を食べた。ふんわりとした香りとベリーの甘酸っぱさ、ミルクの優しい甘さが口いっぱいに広がる。頭にキーンと来ないから、どんどん食べてしまう。

　梨亜と先輩は、真剣にカフェの経営やお菓子作りなどについて意見を交換していた。先輩の店は、もうまもなく浦和《うらわ》にオープンするらしい。二人の話を聞いていると、浦和にはまたすてきなカフェがいっぱいあるみたいで……。

　ああ、がんばってる真面目な人の話っていいな。

　もうすっかり、美琴の怒りは収まっていた。ヤケ食いをしたせい？　それは確かにそうだけど……ほんとはそうじゃない。

　単にとっても楽しかったからだ。梨亜と二人でお菓子を食べて、お茶を飲んで、たくさんおしゃべりをして――それが、楽しかった。そういえば、ここ何年か仕事が忙しくてそんなことしてなかったなあ。

　梨亜のことを手伝いながら、ゆっくり自分のことも考えていけそうな気がする。美琴の心は、すっきりしていた。

　帰りの車は、美琴が運転した。

「なんかおみやげをうんと買ったつもりだったのに、けっこう食べちゃったねえ」

　しかも最後に買ったフルーツサンドもう車の中で食べてしまっていた。老舗《しにせ》とはまた違う、映える断面の今時フルーツサンド。とてもたくさん種類があり、おいしそうなのを全部買ったというのに。

時間がなくてテイクアウトだけになってしまったが、店内でフルーツのパフェが食べたかった。使っているアイスがソフトクリームで、とてもおいしいと聞いたのに——うう、無念。

「いやいや、おみやげは充分だよ。他の人はうちらほど食べないから」

梨亜が笑いながら言う。

「それもそうか」

「みこちゃんとお菓子いっぱい食べられてよかった。ありがとう。悩んでたのが吹っ飛んだ気分だよ」

「なんで？　悩んでたの？」

「うん。やっぱり、お店をやるとなると不安だよ。いろんなこと考えて眠れない時もある。でもみこちゃんに会って初心に戻れた。みこちゃんはさあ、憶えてないかもしれないけど——」

と言って、中学の時の思い出を語る。というか、それは美琴の忘れられない思い出でもあった。

あれは確か一年生のバレンタインデー。手作りチョコを友だち同士で交換する、というのが流行《はや》り、美琴も母に手伝ってもらって板チョコを溶かして固め、ココアパウダーとかチョコスプレーとかをかけて、学校に持っていった。お昼休みに交換しあってこっそり食べたのだが、梨亜のだけ別格の味だったのだ。形もきれいで、口溶けからして違う。当時、高級なチョコレートなんて食べたことのなかった美琴は、

「こんなおいしいもの、初めて食べたよ！」

と叫んでいた。

「それが、お菓子屋さんになろうって本気で思ったきっかけだったんだよ。今でもみこちゃんはあたしをほめてくれる。それでちょっと自信を取り戻せるんだ」

「それはあたしも同じだよ」

梨亜のお菓子や料理、そして彼女がすすめてくれるおいしいもので癒《い》やされたのは、こっちではないか。

「あたしは何も梨亜には提供できないけど」

「いっぱい話せるだけでいいの。二人で食べたもの、すごく憶えてるよね？」

「それは……記憶が全部食べ物に直結してるから」

記憶の糸口は、いつもおいしいもの。ゆえに梨亜の作ったものは、多分全部憶えてる。

「それは知ってる。ほめられたくて、餌付《えづ》けした自覚もある」

「ええーっ!?」

「こっちが忘れてるものまで憶えてるよね」

「あたしは外部記憶装置ですか」

そう言って、二人で笑った。小さい頃から変わらない。少し離れていても、また元に戻れる。

この先もずっと、そんな友だちのままでいられるといいな。

旅の始まりの天ぷらそば

光原百合

光原百合（みつはら・ゆり）

広島県尾道市生まれ。詩集や童話集を出版したのち、一九九八年『時計を忘れて森へいこう』でミステリ界にデビュー。二〇〇二年「十八の夏」で第五十五回日本推理作家協会賞短編部門受賞、十一年『扉守　潮ノ道の旅人』で第一回広島本大賞を受賞。主な著書に『星月夜の夢がたり』『イオニアの風』『風の交響楽《シンフォニー》』など。

「な、何ですか。君に勢い込んで呼ばれると、今度は何をやらかしてくれたかとぎくっとしますよ」

「局長局長」

「『今度は何を』って、私、局長を呼ぶときはいつも、毎回、心をこめていますよ」

「心なんてこめなくていいから、ふつうにお呼びなさい。で、なんですか」

「局長も確か、潮《しお》ノ道《みち》のご出身でしたね」

「幸か不幸か君と同じで、生まれも育ちも潮ノ道です」

永瀬《ながせ》真尋《まひろ》が嘱託社員として勤めるコミュニティラジオ、FM潮ノ道の局長は、頭脳明晰《めいせき》、容姿端麗、理路整然などなど、四字熟語が似合う人物だ。局長の話し方はいつも、嫌みなほど丁寧ですねと言ったら、「こういう話し方を慇懃《いんぎん》無礼といいます」と自ら教えてくださって、また四字熟語が増えてしまった。そうそう、英国紳士みたいな雰囲気の人でもある。「英国紳士」は四字熟語ではないか？　この局に入るための面接で初めて会ったとき、真尋の持っている「英国紳士」のイメージにこんなに近い人がいたのかと驚いた。そういえば子供のころ、子供番組の主題歌に「紳士」という言葉がでてきて、「しんし」ってなんなん？　と母に聞いたところ、母は「いつもきちんとしていて、その辺で立ちションなんかしない人よ」と答えた。真尋の生育過程のどこで、そこに「英国」が加わった「英国紳士」というイメージが形成されたかはわからない。たぶんシャーロック・ホームズを読んだ影響だろう。

「局長はよく私に、『一言多い癖を直しなさい』とおっしゃるけど、局長だって一言多い癖がありますよ。いまの『幸か不幸か』は、完全に余計な一言でしょう」

「『一言多い癖を直しなさい』というのは、目下の者の言動が目に余るときにたしなめる言葉です。君は僕より目上のつもりですか」

「未来永劫《みらいえいごう》、局長より目上になる日が来るなんて思っていません。年上になることはあっても」

「君が妙に根性があるのはよく知っていますが、年齢というのは、根気よく走っていれば追い越せるものではないでしょう。どうやって追い越す気ですか」

「佳人薄命というくらいですから、（また四字熟語があった）局長が早く亡くなって、私がその年より長生きすれば、年上になれます」

「おやめなさい。縁起でもない。僕が佳人ですか」

「それはもう！　余計なことを言わずに黙っていれば、この世のものとは思えないような佳人です」

「君が出世してここの社長になれば、縁起の悪い仮定をしなくても目上にはなりますが」

これはよく間違われるそうだが、局長は、態度はこの局で一番でかいが、ここFM潮ノ道で一番偉いわけではない。社長は別の人だ。

「私が出世して社長になるまで局長でい続ける予定ですか。ここには定年ってないんですか」

「僕はこの職場が大好きですから、定年が来たら嘱託ででも局長でいさせてもらうつもりです」

「社長がお人よしだから弁舌巧みにまるめこむつもりですね。(弁舌巧み、もあったか。四字熟語ではないけど)嘱託社員が局長でも問題ないのなら私だって、今この瞬間から局長になれますね」

「論点をずらしましたね。それで、僕が潮ノ道出身だったらどうだっていうんですか」

「子供のころからこの街にいらしたのなら、糸崎《いとさき》駅には行かれたことがありますよね」

「ありますよ。山陽本線在来線ですぐ西隣の駅ですからね」

「それでは、あの駅のホームで天ぷらそばを売っていたのもごぞんじですね」

「そうそう、アリバイ程度に小さなエビが入ったペラペラの海老《えび》天がのっかっている天そばでした」

「おなかの前に平たい板をベルトで吊《つ》ったおじさんが、その板の上にプラスチックのどんぶりをいくつも置いて、そのどんぶりの中にはあらかじめゆでたおそばと天ぷらがはいっていて、そこにおじさんが、むかしラグビーの試合の途中で倒れた選手に水をかけて『魔法のやかん』とよばれていた大きなやかんからつゆをそそいでいましたね。電車に乗っている乗客が、窓を開けて合図するとおじさんがやってきて、窓越しに代金と天そばを交換するようになっていました。先日、やっぱり潮ノ道育ちの友人たちとその天そばの話になって、『あれ、おいしかったよね』と意見が一致したんです。天ぷらは99パーセントくらいまで衣でしたから、その衣がつゆにひたってぐずぐずになったものだったのに、なぜかみんな『あれはおいしかった』と言ったんです」

「僕も確かに糸崎駅で食べたことがあって、おいしかった記憶が残っています。つゆがよほどいい味だったんでしょうね。そういえば友人に聞いたのですが、彼のうちでは、天ぷらが夕食のおかずだった次の日は、お母さんが必ず残った天ぷらを天つゆの中で煮ておかずにしていたそうです。それがおいしかったといっていましたから、あの時の天そばのようなものだったんでしょう」

「それはためしてみたいですね。次に天ぷらがおかずになったらやってもらいます」

「おかずになったらということは、その天ぷらを自分で揚げるという前提はないんですね」

「あんな危険な料理をやらせようなんて、局長は私を殺す気ですか！」

「君はまた大仰なことを……。たしかにつくるとき注意が必要ではありますが、ごく一般的な家庭料理でしょう。それでは、幸か不幸か君と結婚する羽目になった人は、一生自宅で天ぷらは食べられないわけですか」

「あ、また出た、局長、『幸か不幸か』という言葉、お好きですね」

「『禍福はあざなえる縄の如し』が僕の座右の銘ですから」

「私の座右の銘は、『人間万事塞翁《さいおう》が馬』です。似ていますね！」

「僕としたことが、どうしてここで負けたような気持ちになるのでしょう」

「私は『勝ったような気持ち』じゃなくて、はっきり勝った気持ちです。そういう羽目になったら――羽目ってどういうことですか！　私と結婚するのが、まるで不幸なように」

「そんなことはありません。そうなったら一生、ショーペンハウエルが人間の最大の敵と言った退屈とは無縁でしょうから。それなりに幸せでしょう」

「それなりにって、局長は私の心にとどめを刺したいんですか」

「君の心にとどめを刺せる人間がいるとは思えませんが。人智では不可能というところでしょう」

「局長、いくら温厚な私でも、しまいには怒りますよ」

「温厚というのが君の自己評価ですか」

「異論がおありですか？　こんなにいつも穏やかで落ち着いている私が温厚でないとでも？」

「異論などありません。君とディベートしても時間の無駄のような気がします。僕は負けはしませんが、どうやっても勝ったという実感が持てないように思えます。それで、そういう羽目になったらどうだというんです」

「天ぷらを食べたいときは相手に揚げてもらいます。局長なら天ぷらごとき一般的な家庭料理くらいできるでしょう」

「どうしてそこで僕が出てくるんですか！」

「言葉の綾《あや》です」

「前にも言いましたが、その『言葉の綾』は誤用ですよ」

「言葉の綾ってかっこいいから、機会さえあれば使いたいんです」

「本番中に誤用してくれないかぎり、ここでどんな言葉をどう使おうと自由ですが。本番中でも、表現の誤用くらいならいいんです。以前あったようなスポンサーの名前の呼び間違いなどしたら、この僕が頭を下げに行かなければならないのだから、気を付けてください」

「スポンサーへの謝罪なら、許してくだされば自分で行きます」

「こういうことは、責任者が謝罪しないとおさまらないんです。僕には君をパーソナリティーに任命した責任がありますから、君の失敗は僕の失敗なのです」

「それでは、局長と私は一心同体ということですね」

「そんな意味は微塵《みじん》もありません」

ぬか喜びだったか……。そうだろうとは思ったけどさ。

「無駄話より、そろそろ本番の時間ですよ」

「もっと早くおっしゃってください！」

真尋がメインパーソナリティを務める、FM潮ノ道の看板番組、「黄昏《たそがれ》飛行」は生放送で、午後5時からが本番。今の時間は壁の時計をみれば、午後4時55分。二人が今話しているのは2階のオフィス。あと5分で1階のスタジオまで駆け下りて、放送準備をしなければ。

「こんにちは。3月30日午後5時となりました。『黄昏飛行』の時間です。お相手は永瀬真尋。トワイライトのひととき、今日もおつきあいください。さて、この番組の提供は」

もちろんすっかり暗記しているスポンサーの皆様の社名だが、さっき局長にあんなことを言われたので、非常に緊張する。わざと言い間違えるかひとつ抜かして、頭を下げにいってもらおうかしら。いつも「頭《ず》が高い」人だから、いい修行になるだろう。そんなことしたら、以前はミスだったが、今回は嫌がらせだと曲解されるだろうなあ。曲解じゃなくて本当に嫌がらせだけど。

「それではいつものように、リスナーの皆様から寄せていただいたお便りの紹介から始めます。今回のテーマは『私の旅』でした。皆様からは子供のころの思い出の旅、いつか行ってみたい夢の旅など、いろいろな旅についてのご紹介をいただきました。最初のお便りは、ラジオネーム　花吹雪さんからです」

〈私にとって旅と言えば、先日のテーマ、「言えなかった言葉」と少し重なりますが、「行けなかった旅」です。私の母は青森の弘前《ひろさき》公園の桜にあこがれていました。いつか一緒に行こうと何度も話していたのですが、桜咲く季節は私の職場が忙しい時季なんです。こちらから青森まで行くには、日帰りはもちろん無理で、2、3泊はしたいところです。その時季にそれだけの休みをもらうのは難しくて、弘前公園への親娘旅は実現しませんでした。母はもう亡くなったので、一緒に旅をすることはかなわなくなりました。今思えば、仕事なんか休んで、無理やりにでも行けばよかったんです〉

そういえば少し前、「言えなかった言葉」をテーマにしたときも母親との思い出をつづったお便りがあって、それを放送で読んだのをきいた局長が、あの局長が、涙ぐんでいたことがある。今日も危ないな。あの時は放送の後それに気づいて、驚きのあまりうっかり指摘してしまったが、今日は気づかないふりをとおさなければ。

「次のお便りは、ラジオネーム　レプラコーンさんです」

〈私のあこがれの旅は、イギリスのコティングリーに行くことです。20世紀の初めごろ、イギリスののどかな村、コティングリーに住む少女二人が、妖精《ようせい》が写真に写ったといい、その写真が大変な話題になりました。残念ながら二人は老後、この写真はいたずらで作ったと告白しましたが、写真は作り物だけれど、妖精と会ったのはほんとうだと言い続けたそうです。私も、写真は偽物でも妖精は本当にいるんだと信じているので、コティングリー村が妖精と会えそうな雰囲気に満ちている場所だったら、今でも行ってみたら妖精に会えるかもしれないと思っています。だからいつかコティングリーに旅をしたいのです〉

「妖精に会うための旅ですか。確かにあこがれますねえ」

こうして何人かの旅についての思い出や夢を読み、その後、いつものように潮ノ道ニュースとして最近の街の話題を紹介。潮ノ道は弘前公園ほどではないが桜の名所と言われているので、そろそろ桜の便りがニュースになり始めた。○○寺の桜が早くも二分咲きになったとか。○○寺は山の南向き斜面にあるので、潮ノ道の中でも例年桜の開花が早い。

つつがなく放送を終えて、二階のオフィスに上がると、局長はまだそこにいらして、今日は涙目になっていなかったので真尋は安堵《あんど》した。

「さっきお便りにあったコティングリー写真ですが、シャーロック・ホームズの生みの親であったサー・アーサー・コナン・ドイルがこの写真にひどく肩入れしていたので話が大きくなったそうですね。最近、日本でもこの事件を扱った本が出版されて、少し話題になりました」

「旅のお便りを紹介していて思い出したんですが、さっき話していたなぜかおいしかった糸崎駅の天ぷらそば。あの味は私にとって、旅の始まりを意味していたんです」

「君の話に脈絡がないのにはだいぶ慣れましたが、今度は何の話ですか」

「ありがとうございます」

「礼をいわれるようなことは言っていませんが」

「私の話に慣れてくださったことに。慣れたものはだんだん、生活の中でなくてはならぬものになってくるでしょう。私の存在もきっとそうなりますよ、ほーらほら」

「君は一体何を言っているんですか。旅の始まりというのを説明しなさい。まさか何時間もかかる話ではないでしょうね。手短にまとめてください。そろそろ帰りますよ」

「局長が相手なら、ご要望とあらば何時間でも語りますが」

「要望は『手短に』です」

「それでは手短に。うちは両親とも、実家が糸崎から西へさらにいくつか先の駅が最寄りでした。だから電車でおじいちゃんおばあちゃんのうちに行くときは行きも帰りも糸崎駅を通ることになります。おわかりですよね」

「僕を誰だと思っているんですか」

「大好きなFM潮ノ道の局長さまです。念のため、『大好きな』は、FM潮ノ道にかかるんですよ」

「ご両親の話で思い出しました。前にも言いましたが、君の真尋という名前だけ聞くと、海のように深みのある静かな人柄を思いうかべますね。深く愛している人のことを、『千尋《ちひろ》の海より深くあなたを想う』と表現してあるのを読んだことがあります」

「『千尋』ってどれくらいの深さですか」

「『千尋《せんじん》』とも読みます。獅子《しし》がわが子を厳しく育てるために千尋の谷に落とすという表現がありますが、あれです」

「それなら感覚的にわかります。私がいつも局長に落とされている谷ですね」

「ご両親もそんな深みのある人になってほしいと願いを込めて命名なさったのでしょうが、どこでどう間違えてこうなったのでしょう」

「大きなお世話というものです。名前といえば、私の友人に菊子《きくこ》という名前のひとがいます。大好きな作家のサイン会で、自分の名前を書いてもらって、添え書きに『君は薔薇《ばら》より美しい』とまで書いてもらったそうです。その作家は『薔薇』という漢字もさらさらっとお書きになったそうです。そのうえ、『菊だけに』とアドリブのひとことも書き添えてくださったのですって。サイン会のときって、そんなお願いまで普通にきいてもらえるんでしょうか」

「それは普通ではなく、かなりの大サービスだと思います。僕の友人で出版社の文芸部で編集者をしている者がいますが、編集者や作家にとって一番腹立たしいのは、サイン会でサインした本が、『サイン付き』として高額で転売されているのをみることだそうです。僕の友人の場合、寡作な作家を担当していて、そのサイン本が、定価の三倍の値段をつけてネットで売りにだされているのをみたことがあるそうです。『寡作な作家だから、サイン本は貴重！』と売り文句がついていたそうで、それこそ大きなお世話ですね』だから、作家たちはサインをするときは、転売しにくいよう必ず相手の名前を入れる、『為書き』というものですね、それが普通と聞きました。『転売禁止』と書き添える人もいると聞いたことがありますよ。自分のサイン本に通し番号を入れていた作家もいると聞きますが、作家生活が長くなると数え切れなくなったということでした。友人の担当作家は、あるとき書店でファンを名乗る人からサインをねだられ、為書きを入れますと言っても、相手はそれは申し訳ないとか何とかごまかして、断固名乗らない。為書きを入れないとサインは出版社から禁止されているとまで言っても名乗らない。これは転売するつもりだなとピンときたけれど、店頭でいつまでも押し問答するわけにいかないので、とうとう、『江戸川《えどがわ》コナン様恵存』と書いてやったそうです」

「それ、本物だったらすごい値段がつきますね！」

「コナンくんがもっていたというのが本物って、あり得ませんから」

「夢がない人だなあ」

「旅の始まりと天そばの話はどこへいったんですか」

「話がそれたのは局長が私の名前がどうとかおっしゃったからですよ」

「僕としたことが、どうして今日は、二度も言い負かされたような気持ちになっているのでしょう」

『局長を言い負かした！』真尋が心の中で喜びの舞を舞っていると、そう素直に負けてはいない局長は、

「そろそろ、旅の始まりの天そばの話は始まりますか。この狭いオフィスで君と夜明かしするのはごめんですよ」

「嫁入り前の娘相手になんてことを！」

「嫁入り前の娘とは古い言葉ですね。君はもしや昭和の子ですか」

「これでもれっきとした平成の産です」

「どうして僕が君などを相手に、これまでの人生や評判を棒に振るようなことをする

と思うんですか」

「自分に棒に振るほどの評判があると思っておられるあたり、局長は意外に無邪気ですね」

「これまでの人生で、無邪気と評価されたのは初めてです」

「そうでしょうねえ。無邪気であるべき子供のころから局長は今のようなひとだったでしょうから。私相手にそうなったら、評判を棒に振るどころか、局長も人間だったか、といい噂が立つと思います」

「時々思うのですが、君はどうも僕のことを人外の者とみているようですね」

「それはもう、この世のものと思えないような佳人ですから。黙っていれば」

「僕がものを言わなかったら、自分の存在価値が急落する気がするのですが」

弁舌巧みで慇懃《いんぎん》無礼な局長、自覚はあるようだ。

「それで、旅の始まりの天そばの話ですが、私はあれが大好物だったので、電車で糸崎駅をとおるときは、かならず両親におそば買ってよ、食べようよとねだっていました。でも、糸崎から潮ノ道まではあっというまについてしまいます」

「10分弱だったと思います」

「だから、糸崎から潮ノ道に帰る途中に天そばを買ってもらったら、子供には食べきれないからと、買ってもらえなかったんです。一度、糸崎の駅で止まった電車の中、泣いてねだっていると、近くの席にいた知らないおばさんが、『お嬢ちゃん、それならおばさんが買ってあげようね。おあがり』と言って、おそば売りのおじさんに合図をして天そばをおごってくださったんです」

「君が子供のころから、いろんな人の厚意にめぐまれて育ってきたのがわかります」

「人徳というものでしょう」

「どの口でそんな厚かましいことを言いますか」

「案の定その日も、食べきれないうちに潮ノ道駅につきそうになり、確か麺《めん》の残り、そして衣のかけらだけになった天ぷらの残り、そしてつゆの残りは、父が全部平らげてくれたと思います。つゆだけならともかく、固形物が入ったものをそのあたりに捨てるわけにはいかなかったところで、しかも、捨てるのはいくらなんでも恩知らずだと子供心にもわかっていました。プラスチックどんぶりを捧《ささ》げ持ってうちまで帰ることになるかと覚悟もしていたので、それからしばらくは、父に対して聞き分けよく過ごすことを心掛けました。そんなことがあったからか、我が家の一番強固な教育方針は、『自分で責任のとれないことはしてはいけない』でした」

「なるほど、わかりました。君がこの局に入って、まだ責任のとりかたもわからない頃からしきりに『責任は私がとります』と言っていたのはそのせいですね」

「局長にはその都度、『そういうことは責任がとれるだけの力がついてから言いなさい』と千尋の谷に落とされていましたね」

「今のは、潮ノ道に帰るときの話ですから、旅の始まりとは別のようですね」

「ご明察。さっき言いましたように、電車で糸崎駅を通るときは必ずあの天そばをねだっていましたが、潮ノ道への帰りには買ってもらえない。おじいちゃんおばあちゃんのうちにいくときは、まだいくつか先の駅ですから、子供にも電車の中で食べきれたんです。夏休みなど、おじいちゃんおばあちゃんのうちに泊まりに行くとき……県内ですから今思えば大した旅ではありませんが、子供にとっては大旅行です。だからあの天そばは、私にとって輝かしい旅、輝くばかりの休みの始まりにだけ食べられたものだったんです」

ゲストハウス

新津きよみ

新津きよみ（にいつ・きよみ）
長野県生まれ。一九八八年『両面テープのお嬢さん』でデビュー。二〇一八年『二年半待て』で徳間文庫大賞を受賞。『女友達』『トライアングル』『ふたたびの加奈子』など多くの作品が映像化されている。主な著書に『夫以外』『ただいまつもとの事件簿』『セカンドライフ』『妻の罪状』など。

1

　JR大糸線《おおいと》の白馬駅《はくば》から八方尾根《はっぽうおね》を正面に望み、県道322号線を進むと、左手に異様な形の建物が見えてきた。木材が縦横に編み込まれた、巨大なログハウスのような建物。

　――これが、世界的に有名な建築家、隈研吾《くまけんご》が設計したという複合施設か。

　雪の結晶をイメージして造られた施設で、高級レストランや全国チェーンのカフェ、アウトドア用品を揃えたショップや観光案内所などが入っているという。SNSの紹介記事で見た「スノーピーク・ランドステーション白馬」という名前を思い出し、小田切誠《おだぎりまこと》は感嘆のため息をついた。自分の知っている白馬村とは違う。そう思った。

　一旦《いったん》は広大な駐車場に車を乗り入れたものの、ふと気が変わって、Uターンした。

　少し先まで車を進め、右手に見えてきた二階建ての一軒家の前に停める。見落としてしまいそうな繊細な書体で「珈琲《コーヒー》せんじゅ」と、控えめに明かりを灯《とも》した看板に店名が書かれており、黒く塗られた板塀が和食の店のような趣を醸し出している。

木製の扉を開けて入ると、天井が高い店内は木の香りにあふれていた。入り口に置かれた消毒液を手指に噴射する。「いらっしゃいませ」と、カウンターの向こうでマスク越しに声を揃えて迎えてくれた男女は、愛知県から移住したという夫婦だろう。このカフェの情報もSNSやガイドブックを通じて仕入れてあった。自家焙煎《ばいせん》のコーヒーを提供し、石窯《いしがま》で自家製酵母のパンを焼いているという情報も。九月のいまはもちろん火は入っていないが、中央に薪《まき》ストーブが設置されている。

カウンターの端に座り、深煎《ふかい》りコーヒーを注文した。

白い陶器のカップが置かれたタイミングで、誠はひとりごとのように口に出してみた。

「今日は、白馬《しろうま》三山がよく見えますね」

右から白馬岳《しろうまだけ》、杓子岳《しゃくしだけ》、白馬鑓《やり》ケ岳《たけ》。正面の大きな窓ガラスに切り取られた山々は、窓枠を額縁にした一枚の美しい油絵のように見える。

「晴天に恵まれるなんて、僕はよっぽど行いがいいのかな」

冗談めかして言い募ると、「そうかもしれません」と、女性が微笑みながら返してきた。

マスクをはずしてコーヒーを味わう。立ち上る香りの中に果実っぽさが感じられ、ほどよい苦味と酸味が口の中に広がる。木組みの巨大な建物の中のスタバではなく、こぢんまりとした一軒家カフェを選んで正解だったな、と自分の選択に満足した。

「どちらからですか？」

「東京からです」

男性に聞かれて、誠は答えた。東京から品川《しながわ》ナンバーの車を走らせてきた。

「こんなご時世ですから、一人旅のお客さまは多いです。昨日もバイクでツーリング中の方がいらっしゃいました」

「なるほど」

うなずいて、コーヒーを飲み干すと、マスクをつけ直した。新型の感染症が世界中に蔓延《まんえん》し、毎日ニュースで報告される感染者数と死者数の数字にも慣れっこになってから、どれくらいたつだろう。世間の目が自家用車での移動には寛容なせいか、こうして一人旅が比較的自由にできている。

「次はぜひ、紅葉シーズンにいらしてください」

「できれば、初雪が降ったあとに。三段紅葉の季節は絶景ですよ」

夫婦の言葉に送られて店を出ると、ふたたび車を走らせて北へと向かった。

北アルプスの三段紅葉は、昔、飽きるほど見た。雪を頂いた山の白さと、目に染みるような紅葉の赤と、山裾《やますそ》を埋め尽くす木々の緑。その三色のコントラストが見事で、自然の色彩が創り出す風景に目を奪われたものだった。

この地を訪れるのは、父の葬儀以来だから、十八年ぶりになるだろうか。

国道148号線を北上し、トンネルを抜けた信号で右折して県道に入った。小谷《おたり》温泉へと続く中谷《なかや》川沿いの緩やかな上り坂を、注意深くハンドルを握りながら運転する。途中から緩やかとは言えない九十九《つづら》折りの坂道になり、細心の注意を払いながら上っていくと、山腹に木造の建物が見えてきた。老舗《しにせ》温泉宿の「山田《やまだ》旅館」である。バスの停留場の真上で、いちおうJR大糸線の南小谷《みなみおたり》駅から村営のバスが出てはいる。妙高戸隠連山《みょうこうとがくしれんざん》国立公園内にあり、背後に1963メートルの雨飾《あまかざり》山を従えている。ほとんど信越《しんえつ》国境近くに位置する秘境の温泉宿だ。

車を空き地に停めて、停留所から続く坂をゆっくり歩いて上る。

本館は江戸《えど》時代に建てられたという四百六十年以上の歴史を持つ温泉宿の話は、亡くなった祖父からよく聞かされたものだった。病院も福祉施設もない時代、人々は心身を癒《いや》す目的で山奥の温泉宿を訪れた。寝具や米や味噌《みそ》、野菜などの生活必需品を持ち込んで、共同炊事場で調理し、湯に浸《つ》かり、宿に寝泊まりし、中にはひと月以上滞在する者もいたという。

「わしは湯治客に頼まれて、ちょくちょく手打ち蕎麦《そば》を届けにいったもんだ」

幼い誠を膝《ひざ》に乗せて、祖父が話してくれたことを覚えている。

老舗温泉宿の界隈《かいわい》を散策してから車に乗り、来た道を戻る。夕飯まで時間がありそうだから、腹ごしらえをしておこうと思い立った。

道すがら看板を目にしていた蕎麦屋の駐車場に車を停め、いかにも古民家といった風情の店に入ると、紅葉シーズン前の平日にもかかわらず客の姿がかなり目についた。「蛍《ほたる》」という名前の蕎麦屋もSNSで調べてあった。移住者が古民家を改修して蕎麦屋にしたという。ここも前回訪れたときにはなかった店だ。

信州《しんしゅう》ブランドという緑色がかった品種のひすい蕎麦は、香りやこしもあって確かに美味だったが、〈じいちゃんが打った蕎麦のほうが素朴な味でうまかったなあ〉と、誠は音を立ててすすりながら、蕎麦を打つ祖父の節くれ立った日に焼けた手を思い出していた。

ひすい蕎麦をたいらげて、いよいよ目的地に向かう。北アルプスを眺める形で県道を戻り、中谷川にかかる橋を渡って数十メートル西に上ったところの一軒家の前で停車した。

格子のはまった引き戸の上に、「ゲストハウス・サンク」と、板製の看板が打ちつけられている。そこは、誠が生を受け、十五歳まで暮らした家だった。

2

「小谷の家に買い手がついたよ」

六歳上の兄、五十嵐《いがらし》実《みのる》から東京の誠に連絡があったのは、一年半前のことだった。腰を痛めて畑や庭仕事や雪かきなどを含む実家の維持ができなくなった実は、妻が大病をしたこともあり、通院しやすい安曇野《あずみの》市に夫婦で引っ越して、誰も住まなくなった家を売りに出していた。子供たちはとうに巣立ち、県外に出た者もいれば、結婚して県内の雪の少ない地に住んでいる者もいる。

「誰が買ったの？」

あんな辺鄙《へんぴ》な場所に建つ古い家を買うなんて、奇特な人間もいるものだな、と驚いて聞き返すと、「それがスイス人なんだとさ」と実が答えたので、さらに驚いた。

「いらっしゃいませ。小田切さまですね」

そのスイス人男性が、流暢《りゅうちょう》な日本語で出迎えてくれた。長身に茶色い瞳《ひとみ》。日焼けしたマッチョな男性を想像していたので、色白でやさしげな雰囲気に拍子抜けした。

建物の中は、昔の面影を残したまま、きれいにかつ機能的に改装されていた。

昔の面影というのは誠が過ごした十五歳のときまでのものであり、東京に出たあとで土間をなくして板の間にしたり、囲炉裏をはずして天井の一部を低くし、屋根裏だった二階に個室を造ったり、水まわりを新しくしたりなどのリフォームが施されていた。したがって、昔の面影を再現した、という表現のほうが的を射ているだろう。

玄関の靴脱ぎスペースには、白と黒を基調にした大きめのタイルが張られていて、モダンな雰囲気の中に土間に通じる重厚感が漂っている。土間の隣にあった和室の壁を取り払って広間にし、十人は座れる木製の長テーブルが置かれている。右手にキッチンがあり、キッチンの横の「奥座敷」と呼ばれていたところにドアがつけられ、「プライベート」とプレートが貼ってある。オーナーの私的な住空間なのだろう。

見上げると、見覚えのある黒光りする梁《はり》が天井に張り巡らされている。改装したときに天井裏から現れた梁にちがいない。明治時代の梁をスイス人の若い彼が再利用してくれたことに感激した。改修時に廃材を利用したと実から聞いているが、テーブルや椅子やスツールなどの家具類にも使ったのだろう。

差し出された紙に必要事項を記入すると、「いらっしゃいませ。お部屋にご案内しますね」と、背後から女性の声がかかった。小柄な日本人女性が、柔らかな笑みを目元にたたえて立っていた。口元はマスクで見えないが、たぶん微笑んでいるにちがいない。

案内されたのは、広間の隣の個室だった。昔は仏壇が置かれた暗い和室だったところで、隣の襖戸《ふすま》だった蒲団《ふとん》部屋もドアのある個室に変わっている。

「洗面所はこちらです。内風呂《うちぶろ》のほかに外風呂もございますが、外風呂はいわゆる五《ご》右衛門《えもん》風呂です。いかがなさいますか？」

微笑と同じくらい柔らかな口調で話す女性だ。実家を買い取ったのは、ともに三十代後半のスイス人の夫と日本人の妻という情報は、実から仕入れていた。

「せっかくだから、五右衛門風呂にしようかな」

「都会から来られた方は、大抵そちらを選びますね」と彼女は言って、くすりと笑った。

五右衛門風呂なんて珍しくもない。小さいころ、よく入ったものだ。庭の井戸からバケツで水を運ぶのは子供たちの仕事だったし、薪は裏山の枯れ木を拾って使った。そのうち、おがくずを固めた燃料へと変わったけど……。誠は、そう内心でつぶやきながら苦笑して、あくまでもここに住んだことのない「ゲスト」を演じることにした。

中学校に入るまで使っていた五右衛門風呂は、通路にトタン屋根こそついていたものの、手洗いとともに母屋の外にあって、吹きさらしのため雨や雪の日などは寒くて仕方なかった。その後、手洗いと風呂を母屋の裏手に増築した。このオーナー夫婦は、小屋として使っていた「元外風呂」を洒落《しゃれ》たレンガ壁で取り囲み、洗い場も作り、「近代的な五右衛門風呂」に生まれ変わらせていた。

「夕食は、みなさん揃って召し上がっていただいています。少々遅れて到着する方々がいらっしゃるので、七時過ぎになるかもしれませんが、よろしいでしょうか」

「かまいませんよ」

即答しておいて、「あの、今日の客はほかに何名くらいでしょうか」と誠は尋ねた。

「女性が三名のグループと男女のカップルがひと組。小田切さまも含めて全員で六名です」

「そうですか」

女性が四人。それ以上深い質問をするわけにもいかず、部屋にさがった。フローリングの部屋の一部に畳が敷かれている。

誠は、持参した部屋着に着替えて畳に横たわり、この家を出てから現在に至るまでの自分の人生を振り返った。

中学二年生のときに、病弱だった母親が亡くなった。その後はまだ七十代だった祖母が、主に台所仕事をしてくれていた。兄の実は白馬の高校を出て、地元の農協組合に勤めていた。

小学生のころから学校の成績のよかった誠は、中学校で受けた全国規模の模試で成績上位者に名前が載った。「県外のレベルの高い高校へも行ける」と、本人より教師たちが熱くなっていたとき、伯母《おば》から「マコちゃんを養子にほしい」という申し入れがあった。小谷村で育った伯母は、スキー好きの東京の男と結婚して、都内に住んでいた。伯母夫婦には子供がいなかった。東京みやげを持って帰省した伯母は、「マコちゃん、そんなに勉強ができるのにもったいない。東京にはたくさん高校があるんだから、あっちの高校を受験すればいいじゃない」と言って家族を説得した。

母が生きていたなら反対しただろう、とのちに誠は思った。だが、「家は長男が継ぐもの」という古い考えが祖父や父の頭に刷り込まれていたのだろう。仕事が休みの日には、朝早くから畑や近所の手伝いに出たりして、長男の実は家や地域のことを責任持って担っていた。

誠自身の中にも東京へのあこがれはあった。そして、すんなりと伯母夫婦の養子となり、都立高校入学と同時に小田切誠に変わったのだった。

その伯母夫婦もすでに他界している。養父は誠が大学を卒業して就職した年に心筋《しんきん》梗塞《こうそく》で亡くなり、伯母は七十歳を迎えた年に脳梗塞で倒れて入院し、回復しないままに亡くなった。

そんな過去を顧みながら、運転疲れもあったのか、うとうとしてしまった誠は、ドアをノックする音で目覚めた。「お風呂のご用意ができました」と、女性オーナーの声がかかった。

3

「みなさん、こんばんは。『ゲストハウス・サンク』にようこそ。私の名前は、ダニエル・ミューラー、スイスのジュネーヴで生まれました。そして、彼女が僕の妻です」

オーナーであるスイス人男性が最初に挨拶《あいさつ》した。

「はじめまして、ミューラー美由紀《みゆき》です。ここは体験型宿泊施設で、この地域の暮らしぶりを少しだけ体験していただきます。短期間ですが、みなさん、一緒に楽しく過ごしましょう」

日本人の妻が夫の挨拶を受けて、例の柔らかな口調で説明を続けた。

六人の客がテーブルに着いている。間隔をあけて置かれた端の椅子に座った誠は、場違いな気まずさを覚えていた。自分以外は、明らかに若い客層である。割りあてられた部屋も二階だ。誠がここにいることの違和感を覚えているのか、五人がちらちらと視線を送ってくる。

「最初に自己紹介をするのが普通ですが、ここでは面白い趣向を取り入れています。みなさん、都会の喧騒《けんそう》から逃れ、命の洗濯を求めて、人里離れた静かな山の宿に来られるのでしょうから、ここは非日常の世界。本名を名乗らなくてもＯＫということにしましょう」

ミューラー美由紀の提案にすぐさま手を叩《たた》いたのが、女性の三人グループだった。「ゲームみたいで面白そう」と、ショートカットの一人が言い、「ねえ」と、真向かいの席の茶髪のロングヘアの友達に同意を求めた。「それもあってここに決めたんだよね」と、その友達も応じた。「ワクワクするね」と続けたのは、ショートカットの隣に座った三人グループの一人だ。こちらもロングヘアだが、茶色に染めてはいない。

「では、この箱から一人ずつクジを引いてください。クジの色が全部違います。引いたクジが青色だったら、『青さん』と名乗ってもいいし、『ミスター・ブルー』でもいいし、呼び方は各自にお任せします」

「ますます面白そう」と、誠の隣のその黒髪ロングヘアの子が声を弾ませる。

「いいよね」と、向かいに並んで座ったカップルも目配《めくば》せし合う。

誠が引いたのは、オレンジ色だった。「どんな名前にします？」とミューラー美由紀に聞かれ、とっさに「橙《だいだい》——だいだいにします」と答えた。

「だいちゃん、でよくねえ？」と、カップルの男のほうがふざけた口調で言い、「だいちゃん、いいよね」と、髪の毛をポニーテールにしたカップルの女のほうも大きくうなずいた。

女性の三人グループのショートカットの子が緑を引いて「みどりさん」、茶髪のロングヘアの子が赤を引いて「ルージュさん」、同じくロングヘアだがこちらは黒髪の子が青を引いて「あおちゃん」、カップルの男がピンクを引いて「桃男君《ももお》」、カップルのポニーテールの女が黄色を引いて「黄身《きみ》ちゃん」と自称する名前を決めた。ミューラー美由紀が紐《ひも》のついたそれぞれの色の札にマーカーペンで名前を記入して、それぞれ該当者に手渡した。

誠は、「だいちゃん」と書かれた名札を首からさげると、気恥ずかしさをまわりに悟られないように息を吐いた。

二十代らしき女性が四人。

――この中に娘がいるはずだ。

だが、誰が自分の娘なのか、皆目わからない。誠は混乱し、困惑していた。二歳のときに妻が連れて家を出て以来、一度も会っていないわが娘、沙織《さおり》。今年二十七歳になる。

血がつながっているのだから、再会した瞬間、惹《ひ》かれ合うものがあって直感でわかるはずだと思っていた。が、まるでわからない。女性四人、全員自分の娘に見える。二歳のときの面影など、妙齢に達した女性の中に見出《みいだ》せるわけがない。ましてや、みんな似たような化粧で、しかも鼻から下はマスクで隠されている。口元が見えないだけに目元や眉《まゆ》の化粧に力が入る傾向にあるのか、眉の描き方もアイライナーの引き方も判で押したように同じなのだ。

――本名を名乗らなくてもいいゲストハウスだから、沙織はここを選んだのか。なるほど、と誠は父親をここに呼び寄せた娘の真意に思い至った。あいつは、二十五年間も自分をほったらかしにしていた父親をテストするつもりなのだ。

ほったらかしにしていたわけではない。「娘に会わせてほしい」と、離婚した妻には頼んだ。ところが、離婚から一年もせずに再婚した元妻から、「沙織にはもうあなたの記憶はないの。いまの父親を本当の父親だと思っているし、平穏な生活を乱されたくない。沙織が大きくなって自分で判断できるようになるまでは、お願いだから娘の前に現れないで」と、本人への接触を固く拒まれてしまった。もとより、家庭を壊すつもりなどなかった。沙織には幸せになってほしい。元妻からは成長した沙織の写真一枚送られてきたことはない。

――ねえ、お父さん、わたしのことがわかる？

誠は、四人の女性に順繰りに視線を送った。

お元気ですか？　ようやくお父さんと対面する気持ちになれました。小谷村の「ゲストハウス・サンク」でお会いしましょう。　あなたの娘より日時が指定された差出人名のないワープロ文字の手紙が誠のもとに届いたのは、十日前のことだった……。

「あの、最初にダニエルさんと美由紀さんの馴《な》れ初《そ》めを知りたいんですけど」と、誠の隣に座った黒髪ロングヘアのあおちゃんが控えめに切り出して、全員の視線がキッチンの前に並んで立っているオーナー夫婦に集まった。実家を買い取った二人に関しての基本的な情報は実から仕入れてはいたが、個人的な背景は誠も知らない。

「美由紀さんは、どうしてスイスの方と結婚されたんですか？」

そう質問したのは、カップル女性の黄身ちゃんだった。

「わたしは、いわゆる山ガールだったんですよ」

ミューラー美由紀は、そこから説明を始めた。「大学で専攻したのはフランス文学だったけど、サークルは山岳部に入って、白馬岳にも登ったことがあります。いつか、スイスのユングフラウにも行ってみたいな、なんて学生らしい夢も持っていました。京都の大学を出て就職したのは、食品会社でした。仕事はすごく面白かったんだけど、三十歳を前に何かこう、人生に忘れ物をしている気がして。それで、思いきってヤング・プロフェッショナル・プログラムを利用してスイスに行くことにしたんです」

「それって、ワーキングホリデーみたいなものですよね？　わたしもワーホリ、考えているけど」と、話の腰を折ったのは、茶髪のロングヘアのルージュさんだった。

「えっ、まだ決めてないの？」と、ショートカットのみどりさんも友達の話にのっかった。

「だって、親が反対するんだもん」

「早くしないと三十になっちゃうよ」

「ねえ、美由紀さんのお話を聞こうよ」

黄身ちゃんがルージュさんとみどりさんの話に割り込み、軌道修正しようとした。

二人はちょっとムッとしたような表情をしたものの、肩をすくめて素直に応じた。

「食品会社に勤めていたから、乳製品、とくにチーズなんかにも興味があってスイスを選びました。スイスは地域によってドイツ語圏とかフランス語圏とかイタリア語圏とかに分かれているけど、ジュネーヴはフランス語圏で都合がよかったんです」

と、中断されたことなど意に介さない様子でミューラー美由紀は話を続ける。「で、ジュネーヴでダニエルと知り合って、意気投合したわけです。お互いに山好きで、食べることも好きで、将来は食を生かして何か事業を始めたいな、と考えていたのも一緒で。ダニエルはスキーが得意で、冬場は白馬村のスキー場で指導員をしています。わたしたちが出会ったのは、本屋さんでした。ダニエルは日本文化に興味があって、書店の漫画コーナーで知り合ったんです。日本の漫画がフランス語に翻訳されて並んでいました」

「そのとき僕は、これに似たシャツを着ていました」

妻の話の先を夫のダニエルが引き取り、自分がいま着ている黒いTシャツの胸元を指差した。「濁流」という漢字が白く流れるような筆字の書体で表現されている。

「僕は、日本の漢字が好きなんです。形が強くて美しくて。そのとき着ていたのはこれじゃないです。美由紀が僕のシャツの漢字を見て、『ラ・メデゥズ』と言ったんです。フランス語では……どなたかわかりますか？」

そこでダニエルは、客たちにクイズを出してきた。

「くらげですか？」

誠が返答すると、「おお、正解です」と、ダニエルが大仰に手を広げて驚いてみせて、隣でミューラー美由紀も賞賛するように手を叩《たた》いた。ほかの五人はポカンとしている。

「ダニエルさんのTシャツに『海月《くらげ》』と書いてあったわけですね。海の月と書いてくらげ」

「おじさん……あ、すみません。だいちゃん、すごい。フランス語ができるんですか？」

ショートカットのみどりさんが目を見開いた。

「いや、たまたま知っていただけで」と、謙遜《けんそん》してみせる。

「あの、失礼ですけど、おじ……いえ、だいちゃんのお年を聞いてもいいですか？」

誠の背景に何かミステリアスなものを感じ取ったのか、隣のあおちゃんが遠慮がちに尋ねてきた。いや、これは父親をテストするための「娘」の演技かもしれないが。

「六十一歳です」

だから、正確に答えてやった。女性たちの反応を見る目的もあった。

「あっ、わたしのパパと同じだ」

声を上げたのは、カップルの黄身ちゃんだった。

誠の心臓は、ビクッと脈打った。父親の年齢が誠と同じだと言った。もしかして、この子が沙織ではないか。だが、二十七歳にもなって、人前で自分の父親を「わたしのパパ」と、子供っぽく表現するような女を自分の娘だとは思いたくない。それに、男と連れ立って参加する大胆さも自分の娘には備わっていてほしくない。二人とも指輪をはめていないから、結婚前の男女だろう。

「ほかの人はどうなのかな。お父さんは僕くらいの年齢？」

そんな聞き方で同席者の父親の年齢を探ってみた。

「大体、そのくらいかしら」

「父親の年なんて正確に把握してない」

「わたしも」

「俺の親父は四十九」

と、ほぼ同時に四人の声が返ってくる。桃男君以外の三人は、こちらを試す意図があってうそをついているのか、ニックネームで呼び合うゲームにならって家族の情報も曖昧《あいまい》にしたいのか、判断しようがない。

「年齢なんて関係ないです。時間も俗世のことも忘れて、楽しく過ごしてくだされば」

ミューラー美由紀が歯切れよく言って、「では、うかがいます」と、誠に向き直って話を戻した。「もうおわかりですね？『ゲストハウス・サンク』のサンクの意味が」

「数字の五、ですね？」

「そうです」

「どうして、五なのさ？」と聞いたのは、父親が四十九歳という若さの桃男君だった。はなから年長者に敬語で話す気がないようだ。

「さあ、それは」

誠はかぶりを振りながらも、「ダニエルさんの好きな漢字が『五臓六腑《ごぞうろっぷ》』とか『五里霧中』とか、はたまた『五反田《ごたんだ》駅』とか、何か数字の五に関係しているのですか？」と、ダニエル本人に顔を振り向けた。

「はい、そうです。五という漢字に惹《ひ》かれました。この家に住んでいた人が五のつく名前で、漢字の形がカッコよかったからです。それで、宿の名前に残しておきたくなったんです」

ダニエルは照れくさそうに答えたが、元の住人の名前は明らかにしなかった。

──五十嵐という旧姓をここで口にしたら、娘はどういう反応を示すだろう。

誠は、躊躇《ちゅうちょ》した。母親から離婚した夫の生い立ちを聞かされているはずだ。このゲストハウスを対面の場として指定してきたのである。以前ここに誰が住んでいたか、娘はすべて知っているはずだ。その反応の仕方で、沙織がこの四人の女性のうちのいずれか特定できるのではないか。そう考えた。

「五のつく名前って？」

眉《まゆ》をひそめた桃男君に、「ごめんなさい。個人情報になるから、それは言えないんです」と答えておいて、「さあ、みなさん、お腹がすいたでしょう？　キッチンからお皿を運ぶお手伝いをしてくださいな」と、ミューラー美由紀が明るい声で促した。

4

「僕の生まれたスイスは、九州より少し大きいくらいの面積で、人口は約八百六十七万人。大阪府よりちょっと少ないくらいですね。面積の七割をヨーロッパの屋根と呼ばれるアルプス山脈とジュラ山脈が占めています。永世中立国としても有名で、首都はベルンです」

ダニエルが自分の出身国の話題を糸口にして、「チーズフォンデュは、世界的にも有名なスイスの国民的鍋《なべ》料理です」と、夕食のメイン料理のチーズフォンデュへとつなげた。

テーブルの各自の前には、一人用の鍋が置かれている。感染症対策で、飲食店では大勢で取り分ける鍋料理を避けている。

「まず、フォンデュの語源ですが……これは、だいちゃんがご存じですよね？」

ダニエルが誠に質問を向けてくる。

「フランス語の『ｆｏｎｄｒｅ』、フォンドルで、溶かすという意味ですね」と、優等生らしく誠は応じた。

「はい、正解です。チーズをカクロンというお鍋で溶かして、そこにパンや野菜やウインナーソーセージなど好きな具を鉄串《てつぐし》に刺して、串を回しながらチーズを絡めて食べます。すると、身体だけでなく心も温まります。チーズフォンデュには何種類かブレンドしたチーズを使うことが多いのですが、一番多く使われるのがスイスのグリュイエールチーズです。今日はそれをメインにコーンスターチを加え、そこにすりおろしたニンニクやナツメグを入れて、辛口の白ワインで味を調えています」

チーズの本場である母国の自慢料理を、ダニエルは誇らしげに紹介する。「スイスのチーズの特徴は、大きくて硬いこと。夏に作っておいて冬場の食料とするのだから、水分はしっかり抜いて、長期保存に耐えられるようにしなければなりません。グリュイエールはスライスしてそのまま食べてもおいしいですけど、キッシュやオニオングラタンスープにもっともよく合います。フォンデュの本日の具材は……」

ダニエルがそこで言葉を切って、隣の妻へとバトンを渡した。泊まり客相手に説明し慣れているのだろう、正確で淀《よど》みない話し方だった。

「では、具材の説明はわたしから」

夫からバトンを受け取ったミューラー美由紀が、テーブルに並んだ皿を差し示して説明を始めた。「今日はきのこをメインに、地場産のブロッコリーやにんじんやじゃがいもなどを召し上がっていただきます。ウィンナーソーセージは、小谷村の放牧場で飼育されている野豚を使った自家製ソーセージです。バゲットは、わたしのお友達が石窯《いしがま》で焼いたものです。彼女も移住者で、お隣の白馬村で夫婦でカフェを営んでいるんですよ」

——あの「珈琲《コーヒー》せんじゅ」の自家製酵母パンではないか。

誠はそう思ったが、彼女の話の流れを滞らせたくなくて、口を挟むのは控えた。

「マッシュルームとシイタケとシメジに、天然のマイタケもあります。きのこはバターで軽く炒めて、少量の塩と黒胡椒《こしょう》で味つけしてあります。それから……」

「まさか、これって、うっそぉ」

別皿に載った二センチ角にカットされたきのこを指差して、桃男君が素《す》っ頓狂《とんきょう》な声を上げた。

「この香りは、マツタケじゃない？」

隣の黄身ちゃんも、皿を鼻に近づけて匂いをかいだ。

「そうです。マツタケです」と、ミューラー美由紀が愉快そうに応じる。

「ここでマツタケが食べられるなんて嬉《うれ》しいけど、高いんじゃないですか？」と、ちょっと不安げな表情のみどりさん。

「いえ、マツタケが高価なのは商品として市場に出されたときで、家で採取して食べる分には高くはありません」

誠は、ミューラー美由紀の説明に、〈そのとおりだ〉と思わずうなずきそうになった。

子供のころ、裏山で採れるマツタケは、天然のナメコやクリタケやヒラタケなどと同様の珍しくもないきのこと認識していた。だが、成長して見聞が広まるにつれて、都会では非常に珍重される高価なきのこだということに気づいた。中学生になった年に、誠は祖父に連れられて裏山に入った。「このあたりがマツタケの宝庫だ。おまえにだけは教えるで、誰にも言うな」と口止めされて、誠はその教えを守っていた。ところが、祖父の死後、「あの場所ずら？　俺もじいちゃんから教わった」と実から聞かされて、肩の力が抜けたものだった。

「一人一本なんて贅沢《ぜいたく》よね」

「最高に幸せ」

感激の言葉を口にしながら、誠以外の五人はほぼ同時にスマートフォンでマツタケを中心に料理を撮影し始めた。インスタにでも上げるつもりなのだろう。

飲食時は当然ながらマスクをはずす。チャンスだ、と誠は思った。鼻や唇や顎《あご》の線が露《あらわ》になる。が、マスクをはずしたからといって、何も変わらない。誠が娘に関して記憶しているのは、乳歯も生え揃わない二歳児のころであって、成長したら口元がどうなるかなど想像もつかないのだ。鼻筋が通った二歳児など珍しいから、鼻の形を見てもわからない。元妻に顔立ちが似ているかもしれないと思いもしたが、その別れた妻の顔が思い出せない。写真も持っていない。自分に似ているか否かは、もっとわからない。

食べながら四人の女性に視線を送りまくるのも、困難なものである。相手も「父親」を彼女なりに観察しているだろうと考えて、自分に注目している女性を探したが、四人とも鉄串をクルクル回してきのこやウィンナーソーセージやバゲットにチーズを絡める作業に夢中で、誰も誠に視線を向けてこない。

——無視する、という娘なりの作戦かもしれない。

誠は、そんなふうに推測した。彼女は、とにかく「父親」のほうから自分に気づいてほしいのだろう。

その夜は、ミューラー美由紀に作ってもらったウィスキーの水割りを持ち帰って、昔の思い出に浸りながら部屋飲みしたのだった。

5

翌日、早朝に目覚めた誠は、身じたくを整えると、娘を特定するための作戦を練った。

——全員が集まった場で「沙織」と名前を呼んで反応をうかがう。実はここは自分の実家だったと告白して、娘が動揺し、名乗り出るのを待つ……。

だが、どちらも、ほかの客を巻き込むことにつながる。宿側にも迷惑をかけるおそれがある。第一、現時点で娘のほうから名乗り出ていないのだから、彼女も旅の最後に自ら告白するなど、何らかの思惑を持っているのかもしれない。

——二人になる機会を作って、あちらから言い出しやすい雰囲気を作ればいい。

そういう結論に行き着いて部屋を出ると、廊下の先の洗面所に背中を向けた女性がいるのが見えた。茶色がかった長い髪をまとめてクリップのようなものでとめ、顔を洗っている。

彼女の首筋に目が釘付《くぎづ》けになった。昨日はおろしていた髪の毛をアップにしているから、首筋が見えているのだが、左耳の下あたりに大きなホクロがある。

——沙織の首にホクロなんてあっただろうか。

何度か一緒に風呂《ふろ》に入ったことはあったが、娘の身体のどこかに目立つホクロがあったという記憶はない。覚えているのは、娘の母親の言葉だった。沙織が生まれたとき、元妻はホッとしたように言った。「よかった。この子、身体のどこにも痣《あざ》もホクロもなくて」と。元妻自身は、右眉《まゆ》の横の盛り上がったホクロをかなり気にしていたのだった。

誠は、頭の中のリストからルージュさんを除外した。

そして、広間へ行く途中だった。二階で「マナちゃん、早く」と呼ぶ声がして、上下赤のジャージ姿の桃男君が階段を駆け下りてきた。誠に気づいて、ハッとしたような顔をしたあと、ばつの悪そうな表情に変わった。

「スギちゃん、待って」と、マナと呼ばれた黄身ちゃんもお揃いのジャージで桃男君のあとに続いて下りてきた。黄身ちゃんもまた、とっさに桃男君のいつもの呼称を口にしたらしい。

──そうか、黄身ちゃんの名前は「マナ」なのか。

この子は沙織ではなかった、と胸を撫《な》で下ろす。恋人と婚前旅行をするような子が娘でなくてよかった、と誠は思った。

早くも二名がリストから消えた。残るは、ショートカットのみどりさんと黒髪ロングヘアのあおちゃんである。二人のうちのどちらかがわが娘の沙織なのだ。

「お早いですね」

考えごとをしながら広間へ行くと、ミューラー美由紀がキッチンから声をかけてきた。朝食は各自で摂《と》ると決められている。

「年寄りなんで、早く目が覚めちゃうんですよ」

誠は、ウィスキーのグラスを返しながら言った。

「年寄りなんて、そんな……。だいちゃんは、お若く見えますよ。とても還暦を過ぎているようには見えません」

「お世辞でも嬉しいですよ」

二人きりになってもニックネームで呼ぶミューラー美由紀がほほえましい。

「お世辞じゃないです。お仕事は？　リタイアされているわけじゃないですよね」

「ああ、広告代理店を定年退職後、子会社みたいなところでマイペースで働いているというか」と、曖昧に答えておいた。マイペースと言えば聞こえはいいが、役職定年後はまったくの閑職である。

唐突に、死んだ伯母夫婦の顔が脳裏に浮上してきた。都内の大学を出て、大手の広告代理店に就職したとき、養父は自ら赤飯を炊くほど喜んだ。自分が入りたくて入れなかった大学で、会社もまた入りたかった会社だったからだ。その意味では、養父の期待に応《こた》えてやれたから、親孝行をしてやったと思っている。誠が離婚したのも伯母が死んだあとだったから、少なくとも彼女が生きているあいだは「円満な家庭」を見せてやれていたのである。孫娘もその手に抱かせてやれた……。

「ご飯はおかわり自由です」

テーブルの後ろに設置されたワゴンを指差して、ミューラー美由紀が言った。「岩《い》魚《わな》の燻製《くんせい》と鶏のから揚げ、どちらにしますか？」

「年寄りだから、鶏のから揚げはちょっと」

そんな言い方で岩魚の燻製をチョイスすると、ほどなくしてキッチンから魚が炙《あぶ》られる香ばしい匂いが漂ってきた。この家に住んでいたとき、よく食卓に出された料理である。

ワゴンの炊飯器の蓋《ふた》を開けて、誠はハッと胸をつかれた。子供のときに「ゴムくさい」と表現したこの独特の香りは……。

「きのこの炊き込みご飯にしたんですけど、何というきのこでしょう?」

ナメコの味噌汁《みそしる》と岩魚の燻製と卵焼きと野沢菜の漬け物。それらをセットしたトレイを運んできたミューラー美由紀が、硬直している誠にクイズを出した。

「香りの茸《きのこ》と書くコウタケですね」

「よくご存じですね。コウタケは、マツタケより貴重と言われているんですよ」

「黒い色といい、強い香りといい、日本のトリュフとも言われていますよね。きのこにはくわしいんです。昔……」

うっかり過去を明かしそうになって、誠は口をつぐんだ。砂糖と醬油《しょうゆ》とみりんで甘じょっぱく煮つけたコウタケの炊き込みご飯もまた、祖母の得意料理だった。

「山歩きやきのこ狩りが趣味だったとか?」

「ええ、まあ」

そういうことにしておこう。

「小谷村の人たちにレシピを教えてもらったんです。コウタケは炊き込みご飯が一番おいしいと聞いて」

「そうですか」

そんな会話を交わしていたら、「腹減ったあ」「お腹すいたあ」と言いながら、お揃いのジャージ姿の桃男君——人ギちゃんと、黄身ちゃん——マナちゃんが広間に姿を現した。

6

「ゲストハウス・サンク」で体験できるイベントの一つが、小谷村で古来より受け継がれてきたはた織り機を用いての「ぼろ織り」だった。

宿泊客六人は、はた織り機の置かれた奥の部屋に案内された。

「雪に閉ざされる期間が長い小谷村では、どの家にもはた織り機があり、女性たちは長い冬を家の中ではた織りしながら過ごしました。はた織り機を作るのは男性の仕事で、使う女性の体格に合わせて木を切ったり、組み立てたりしたと言われています。こちらにあるのは、この民家を購入したときに小屋にしまわれてあったものです。手先の器用なダニエルが傷んでいた箇所を直して、使いやすく改良してくれました」

ミューラー美由紀がそう説明して、はた織り機の屋根の部分に手を触れた。

——これは、昔、ばあちゃんが使っていたやつだ。

祖母が腰を曲げぎみにして作業していた姿が思い出され、誠の胸に熱いものがこみあげた。

「みなさん、着古した衣類をどうされていますか？　古い箪笥《たんす》から出てきた着物や成長して着られなくなった子供服などの布地を細く裂いて一本の糸のようにし、それを織り込んでコースターやバッグやタペストリーなどに生まれ変わらせるのが、ぼろ織りと呼ばれる小谷村の伝統技術です」

説明を続けながら、ミューラー美由紀は傍らの竹かごから布切れを取り上げると、慣れた手つきで細く裂いてみせた。

「へーえ、衣類の再生利用、リユースってことですか。古来からエコを心がけてきたんだから、この村の人たちの意識って進んでいるんですね」

感心した様子で感想を口にしたのは、みどりさんだった。

「はた織りそのものはそんなにむずかしくないんですが、縦糸を通す糸かけなどの下準備に手間がかかるんです。下準備をしてありますので、みなさんには、はた織りの雰囲気だけでも味わってもらえればと思います」

ミューラー美由紀は、実演するためにはた織り機の中に入り、椅子に座った。

「杼《ひ》と呼ばれるものを動かして、縦糸に横糸を通していきます。そして、足で板を踏んで、横糸の幅を調整します。次にこちらから横糸を通して……またトントン。その繰り返しですから、単純ですが根気のいる作業かもしれませんね。……どなたかやってみませんか？」

何度か横糸を通す作業を繰り返したあと、ミューラー美由紀は客たちを見回した。

そして、すぐそばにいたあおちゃんに「どうぞ？」と声をかけた。

「いえいえ、ここは年功序列で」

あおちゃんは、首と一緒に両手を振って、あとずさりをしながら誠に視線を送る。

「だいちゃんからどうぞ」と、黄身ちゃんことマナちゃんも笑顔で促す。

全員に手を叩《たた》かれて、誠が先陣を切る羽目になった。

頭を木枠にぶつけないようにしてはた織り機の中に入り、椅子に座った瞬間、幼い日の記憶がよみがえった。子供にとってはた織り機は、大きなおもちゃの箱みたいなもので、その箱の中に入って、祖母のまねをして遊んだものだった。身体がはた織りの手順を覚えている。布地を裂いた横糸を巻きつけた杼を縦糸にくぐらせ、足で踏木を軽く叩くようにする。

「とてもリズミカルでお上手です」

ミューラー美由紀が褒めたのに続いて、五人全員が拍手したり、「だいちゃん、すごい」を連呼したりした。

「だいちゃんって、何でもできるんですね」

誠の耳がとらえたのは、あおちゃんのその言葉だった。

——あなたって、何でもできるのね。

離婚した妻にも同じことを言われた。「語学も堪能《たんのう》だし、もの知りだし、他人の力を借りなくても一人で生きていけそう」と。

——この子が沙織かもしれない。

はた織りの実演を「次はわたし」と名乗りを上げたルージュさんと交代した誠は、布地を裂いた糸を手にしたあおちゃんの横顔を見つめた。娘の沙織だからこそ、父親にはた織りをさせてみたかったのではないか。父親の生家が信州の雪深い村にあり、そこではた織り機で遊んだエピソードを、母親から聞かされているのかもしれない。それで、本当に扱えるかどうか試してみたのではないか。母親の口癖を娘が継承している可能性も高い。

見つめすぎていたのだろう。あおちゃんに「何か？」という不審げな表情を作られて、誠は視線をそらした。

7

あおちゃんが自分の娘ではないかという思いは、次の「蕎麦《そば》打ち体験」でより強くなった。

今度は、ダニエルが蕎麦打ちの指導役を務めた。茶色い瞳《ひとみ》のスイス人男性が前掛けをつけて麺《めん》打ち台に立つ姿は、意外とさまになっている。

「この打ち台も小屋にしまってあったものです。年季が入っていて、手触りがいいです」

説明する言葉の選び方も日本人顔負けだ。

「打ち台の材質は……」

「サワラですね」

ダニエルが視線を向けてきたので、誠がそう答えると、「おくわしいですね」と、補佐役で隣にいたミューラー美由紀が微笑んだ。

蕎麦の打ち台も祖父が愛用していたものだから、当然知っている。

「テレビで誰かが言ってたけど、定年後の男は、蕎麦打ちか陶芸、そのどちらかにはまるんだってさ」

和やかな空気に水を差したのは、スギちゃんだった。

「そんなこと言ったら、だいちゃんに失礼じゃない」

マナちゃんが、恋人の脇腹を肘《ひじ》で突《つつ》いてたしなめた。

グループの女性三人は、顔を見合わせてくすくす笑っている。

「蕎麦にはルチンが含まれていて健康にいいんですよ。それに、蕎麦を打つには体力がいります。したがって、定年退職された方にとってはよい運動になるんですよ」

ミューラー美由紀が誠を擁護するように言った。

「じゃあ、だいちゃん、やってみますか？」

蕎麦粉の入った木製のこね鉢に手を添えて、ダニエルが誠を指名した。

祖父に教えてもらって、何度か蕎麦を打ったことがある。ダニエルの的確な指示にも助けられたが、粉に含ませる水の量も手でこねるときの力の入れ加減も水回しの回数も、全部身体が覚えていてスムーズに作業が進んだ。

「やっぱり、そうだ。定年後の男は蕎麦打ち名人だね」

スギちゃんにさっきとは違う表現の賛辞を贈られた。

「じゃあ、だいちゃん、陶芸も得意？」

恋人のマナちゃんも調子に乗って聞いてきた。

「やったことはあるよ」と、誠は答えた。陶芸はまさに父親の趣味だった。近所に陶芸仲間がいて、その仲間の窯《かま》を借りて茶碗《ちゃわん》を焼いたりした。窯の火入れの工程と窯出しの様子を見るのが好きで、誠は父親についていったものだ。

「だいちゃん、何でもできるんですね」

「ホント、フランス語にはた織りに蕎麦打ちに陶芸。何でもできるだいちゃんってすごい」

ルージュさんとみどりさんが同時に言い、

「だいちゃんにできないことなんてないんじゃないですか？　不可能なことってある

んですか？」

あおちゃんが自分の表現に置き換えた。

誠は、ドキッとした。元妻に言われた言葉と酷似していたからだ。

――あなたにできないことなんてないんじゃない？　あなたの辞書には不可能なんて言葉はないんでしょう？

普通に聞けば褒め言葉なのだろうが、別れた妻の言葉には皮肉がたっぷり含まれていた。妻とは職場結婚だった。結婚後の対等な関係を彼女は望んでいたし、誠もそうありたいと望んで結婚した。が、いざ結婚生活を始めてみたら、そううまくはいかないことがわかった。両者ともに大きな仕事を任される時期に差しかかっていて、男の誠のほうが会社からの期待値も高ければ、与えられる仕事量も多かった。

結婚三年目に妻が妊娠し、子供が生まれてからはより格差が広がった。保育園からの呼び出しは妻側に偏り、彼女の不満が募っていった。本来、彼女に与えられるはずの仕事を未婚の女性に割り当てられたことで、彼女の不満がピークに達した。それを察知した誠は、娘の沙織が熱を出した日、思いきって自分が休みをとった。病院に連れていき、家に連れ帰って看病した。薬が効いて沙織がよく眠っていたので、そのあいだに家事を済ませ、妻が「保育園に持っていかないと」と言っていた巾着《きんちゃく》袋を裁縫箱に入っていた余り布で手作りした。それから、冷蔵庫にあるもので夕飯を作った。

ひき肉を使ったミニハンバーグにプレーンオムレツを添えて、ちょうど信州から取り寄せた蕎麦粉があったので、ガレットを作り、冷凍の鴨肉を戻してローストし、野菜と一緒に中に挟んだ。ふだんは食卓に並ばないような料理で、妻を喜ばせようと思ったのだ。

ところが、帰宅した妻は、食卓を見るなり怒り出した。「何でこんな手の込んだものを作るのよ。わたしに対するあてつけ？」と。それから、「その気になれば、料理なんて簡単に作れる。あなたはそう思っているんでしょう？　だって、あなたは何でもできるから。信州の山奥で育って、火もおこせればはた織りもできる。お蕎麦も打てればおやきだって焼ける。一人で何でもできるじゃない。わたしなんかいなくても、一人で立派に生きていけるじゃない」と、涙目になってたたみかけた。仕事への不満も口にして、「もうちょっと遅く生まれてくればよかった。男女雇用機会均等法ができたあとに就職したかった」とも言った。

それからひと月近くたって、妻に離婚を切り出された。

——世の中には、結婚しないで一人で生きていったほうがいい人がいて、あなたがそう。実はわたし、あなたのほかにもう一人にプロポーズされて、迷っていたの。あなたを選んだわたしが間違っていた。あなたは一人でも大丈夫な人だから。

彼女が再婚した相手は、その「もう一人」の男だった……。

「あの、そのくらい力を入れてこねれば充分ですよ」

ダニエルに言われて、別れた妻の言葉を思い出していた誠は我に返った。

蕎麦粉を練る、打ち粉をして麺棒《めんぼう》で延ばす、独特な形の麺切り包丁で細く切る、などの工程を交代で担当し、最後にダニエルが茹《ゆ》でて、庭先のテーブルでの試食会になった。

そのあいだ、誠の視線はあおちゃんに集中的に注がれた。

「信州産手打ち蕎麦のランチで解散となります。みなさん、短いあいだでしたが、おつき合いくださり、ありがとうございました。おかげさまで楽しい時間を過ごすことができました」

ミューラー美由紀が、天に響くような朗々とした声で挨拶《あいさつ》した。

――いましかない。

「あの……」

誠は、勇気を振り絞ってあおちゃんに声をかけたが、

「わたしたち、これから白馬村に行くんです。急いでいるので、じゃあ」

あおちゃんは、二人の仲間と連れ立って建物の中へ入ってしまった。

8

「シニア婚活だって？」

テレビを消して、「バカバカしい」と誠はつぶやいた。お堅いはずの情報番組で、「シニア世代の婚活ツアーが盛況」などというふざけた企画が取り上げられていて、猛烈に腹が立ったのだった。妻と死別した誠と同世代の男が出ていて、「一人で老後を過ごすのは寂しい」と語っていた。バツイチの男も似たようなことを言っていた。それに対して、ごもっともです、という対応をしていた女性キャスターにも憤りを覚えた。

「一人が寂しい、と決めつけるのはおかしいぞ」

誠は、誰もいない部屋でひとりごとによる抗議をした。

別れた妻の言葉が脳裏をよぎる。

――あなたは一人でも大丈夫な人だから。

「そうだ、大丈夫だよ」

そうつぶやいて、ウィスキーのグラスを手にした。グラスの下にカラフルなコースターが敷いてある。小谷村の生家にあったはた織り機で誠が織り上げたものだ。帰る前に、ミューラー美由紀の厚意で残りを織らせてもらった。

あれから一週間。娘の沙織からは何の連絡もない。黒髪ロングヘアのあおちゃんが沙織ではなかったのか。いや、絶対に彼女が娘の沙織だ。

なぜ、娘のほうから名乗り出てこなかったのか。誠は、帰京してから熟考してみた。そして、導き出した結論はこうだった。

――あれは、父親がどんな人物か、自分の目で確かめるためのツアーだった。家に帰って気持ちの整理をつけてから、ふたたび連絡するつもりでいる。

だとしたら、そろそろ連絡があってもいいころである。元妻からは、「沙織には成人を迎えたときに事実を伝えた」と聞かされている。「やり取りは手紙で、基本的にこちらの手紙にあなたが返信すること。携帯電話の番号もメールアドレスもあなたには教えない。沙織があなたと連絡をとったら困るから、SNSに出没しないこと」という指示は今日まで律儀に守ってきた。

ウィスキーのおかわりをしようとソファから立ち上がったとき、テーブルに置いた携帯電話が鳴った。登録されていない番号だったが、胸騒ぎを覚えて出てみた。

「沙織の母です」

顔は忘れても、元妻の声は覚えている。

「ああ、久しぶり」

「沙織がそろそろあなたに会いたいと言ってるの」

やっぱり、そうきたか。誠の気持ちは高ぶった。あおちゃんの顔が眼前にクローズアップされる。

「いまの父親は……承知しているのか？」

誠と離婚後に再婚した「もう一人」の男。元妻は、誠と結婚する前にもう一人別の男からもプロポーズを受けていたのである。迷った末の彼女の選択が誤っていたわけだ。

「ええ、もちろん。それで、沙織から近々連絡がいくと思うけど、よろしくね」

用件だけ告げて、電話は切れた。

誠は、沙織のいまの父親を想像してみた。どんな顔のどんな性格の男だろう。

自分の学生時代が連想されてよみがえった。そういえば、誠にも「もう一人」の女性がいた。大学時代に交際していた女性が。誠は、彼女のことを愛していた。卒業したら結婚するつもりだった。ところが、「実家の父親が倒れたから」と言って、突然、彼女は誠の前から姿を消してしまった。京都の実家の住所も知らせないままに。その彼女にも元妻と同じような言葉を投げかけられたことを、いま思い出したのだ。

――誠さんって、強い人だから、一人でも大丈夫。一人でも生きていけるよね。

あれは、どういう意味だったのだろう。彼女はいま、どうしているのだろう。

遠い昔の記憶を手繰り寄せていたら、酔いが回ってきたらしい。めっきり酒が弱くなったな、などと思っているうちに、誠は眠りに落ちていた。

9

「お父さんにまた会いたい？」

ダニエルに聞かれて、美由紀は首をかしげた。自分でも自分の気持ちがよくわからない。また会ってみたいような、一度会っただけで充分なような、不思議な気分だ。

「チャーミングな人だったね」

ダニエルのその言葉には、「うん、わたしもそう思う」と、美由紀は素直に同意した。本当に魅力的な人だった。あの人が父親でよかった、と心から思った。

京都の実家で、シングルマザーとして美由紀を育てていた母親から父親について聞かされたのは、美由紀が高校生になったときだった。

――あなたのお父さんのことは大好きだった。卒業したら結婚したいと思っていた。お互いに、そのつもりで交際していたの。だけど、京都の父親が倒れたと知って、わたしがお母さんを支えなければ、と強く思ってね。実家に帰って、父親が開いていた税理士事務所を受け継ぐべく必死で勉強したわ。お母さんにあなたの世話を任せて、わたしは勉強に専念できた。そして、予想外に早く資格が取れた。あなたのお父さんにも夢があったのはわかっていたから、それをわたしの都合で壊すわけにはいかない。「あなたは、一人でも生きていけるよね」なんて言っただけで、黙って消えた形になっちゃったけどね。妊娠に気づいたのは、実家に帰ってからだった。あの人の子だから産みたかった。子供のことを伝える決心がついたときには、すでにあなたのお父さんは結婚していたわ。その後、大学の同級生からの情報で、彼が離婚して、別れた奥さんは子連れで再婚したことがわかった。娘さんとずっと会えないでいることも。それで、あなたのことを伝えないままできちゃったの。

父親が信州の雪深い地で生まれたことを知った美由紀は、何度か現地を訪れた。自分が山好きなのは山育ちの父親のDNAが体内に組み込まれているせいなのか、などと思った。

スイスで山好きのダニエルと知り合ったときも、小谷村の父親の生家が売りに出されていると知ったときも、運命的なものを感じた。

——一度も会ったことのない父親のことを深く知りたい。

そう思ってダニエルに相談したら、「だったら、君のお父さんが子供のころに食べたものや触れたものを通して知ればいい」と言われた。小谷村の「五十嵐家」を買い取ってゲストハウスにしよう、と提案したのもダニエルだった。

娘として父親と対面する機会を持ちたい。だが、どうすればいいのか。名乗り出る勇気はない。二人で考え出した方法が、「ゲストハウスに来てもらう」だった。父親には二十七歳の娘がいる。彼女と同世代のツアー客の宿泊申し込みがあった日に合わせて、「あなたの娘より」と記した手紙を送れば、父親は必ず現れるはずだと考えた。

「次は、お父さんとして正式に招待すれば？」

ダニエルに勧められたが、「ゲストのままのほうがいい関係が築けそう」と、美由紀は返して微笑んだ。

参考文献

『チーズの悦楽十二カ月』本間るみ子　集英社新書
『チーズの図鑑』本間るみ子　ＫＡＤＯＫＡＷＡ／メディアファクトリー
『フォンデュ・レシピ　小鍋でとろーり！』八木美恵子・フルタニマサエ　日東書院本社

からくり時計のある町で

秋川滝美

秋川滝美（あきかわ・たきみ）
二〇一二年四月よりオンラインにて作品公開開始。同年十月『いい加減な夜食』（アルファポリス）にて出版デビュー。主な著書に『ありふれたチョコレート』『居酒屋ぼったくり』『きよのお江戸料理日記』『幸腹な百貨店』『湯けむり食事処　ヒソップ亭』『向日葵のある台所』『ひとり旅日和』など。

どーん、という衝撃とともに、周囲から安堵《あんど》の息が漏れる。乗り込んだときに始まった不安が、旅への期待に変わる瞬間だ。

八月九日午後五時十五分、矢野《やの》七緒《ななお》が乗った飛行機はフランツ・ヨーゼフ・シュトラウス――通称ミュンヘン空港に着陸した。

七緒は二十九歳。都内の大学を卒業後、IT系の企業に勤めている。旅行が趣味で、年に何度か旅に出ている。

ドイツには七年前にも訪れたことがあるが、そのときはひとりではなかった。しかも、同行者は初めての海外旅行で、旅の手配から現地で入る店まで七緒が決めなければならなかったせいで、次の予定ばかり気にしていた記憶がある。

ここしばらくは国内旅行ばかりだったが、今回、お盆休みに有給をくっつけて一週間の休みが取れた。ドイツは、今度こそあの町を堪能《たんのう》するぞ！　という気持ちから選んだ旅行先だった。

十二時間もの間、乗客たちを監禁……いや、運び続けてくれた飛行機は、急激に減速しつつ地上を移動し始める。

日本人がドイツに入国するのはそう難しいことではない。九十日以内ならビザもいらず、おおむね赤い表紙のパスポートを見せるだけで、難しい質問をされることなくイミグレーション（出入国審査カウンター）を通過できる。

——さて、ホテルに向かいますか。バスもあるけど、電車のほうが早いな……がらがらとスーツケースを引っ張って駅に向かう。とはいっても駅は隣接しているので、大した距離ではない。

巨大な回転ドアを抜け、長いエスカレーターに乗って電車の切符売場に行く。ホテルがあるミュンヘン中央駅までの運賃を確かめ、切符販売機に五十ユーロ紙幣を入れようとしたとき、隣から賑《にぎ》やかな音が聞こえてきた。

続いて「マジ？」という声……明らかに日本語だから、同じ飛行機に乗ってきた人だろう。自販機のおつりが出てくる小窓では、チャリンチャリンと音が鳴り続けている。

どうやら、おつりがすべて硬貨で返ってきたようだ。

そういえば、前回一緒に来た同行者が切符を買おうとして、張り切ってお札を入れたのはいいが、おつりが全部五十セント硬貨で返ってきて半泣きになっていた。幸い二十ユーロ札だったので、今隣にいる人のように延々とコインが落ちる音が響き続けるなんてことにはならなかったが、かなりの量の硬貨を受け取る羽目に陥った。

小銭は使いやすいが、財布が重くなりすぎるのは困る。

現在、七緒の財布には五十ユーロ札が五枚も入っている。小さな店だと偽札を疑って高額紙幣を受け取ってくれないことがある。なるべく早く崩してしまいたいと思っていたが、五十ユーロ札を使っておつりの三十三・二ユーロが全部硬貨で返ってきては目も当てられない。

危ないところだった、と五十ユーロ札の代わりに十ユーロ札を二枚自動販売機に投入する。おつりはやっぱり硬貨ばかりだったけれど、二ユーロ硬貨と一ユーロ硬貨もまじっての三・二ユーロ分だから問題ない。

切符は買えた。空港駅は始発だから電車はホームで待っているし、その電車に間に合わなかったとしても、次の電車はすぐに来る。本数が多いのはありがたいなあ、と思いながら歩き、通路の真ん中にあるはずの短い信号みたいな機械を探す。

ドイツの鉄道は日本のように改札機が設けられておらず、改札は車内を巡回する係員によっておこなわれる。車内改札はかなり気まぐれであったりなかったりするのだが、打刻せずに乗車して見つかった場合、高額な罰金を払わされる。そうならないためにはきちんと切符を買い、打刻機で使用開始のスタンプを押す必要があった。

前に来たときは、同行者が打刻を忘れて慌てて戻った。ここで打刻しておかないと大変なことになるのに、どこを探しても打刻機はない。

戸惑いながら切符を確かめると、すでに日付が印字されている。そういえば切符の大きさも違う気がする。おそらくこのサイズでは、打刻機があったとしても入らない。周りの人も平然とホームに向かっているし、知らない間に打刻が必要ない切符が出来たのだろう。

ないものはないのだから、とそのまま歩いて行くとホームに電車が止まっている。案内版にはS8という表示があるから、乗車時間が短くて済む路線の電車だ。これ幸いと乗り込み、空いているボックス席に座る。あとは乗り過ごさないよう気をつけるだけだった。


四十分後、七緒はミュンヘン中央駅に降り立った。

いろいろな髪や肌の色の人にまじって、エスカレーターに乗る。

Sバーンは地下鉄ではないが、空港もこのミュンヘン中央駅もホームは地下にある。おそらく中央駅は外国と行き来する電車を含め、多数の路線が乗り入れているため、地下深くまでホームを設置しなければならないのだろう。

東京駅も然《しか》り、都会あるあるだな……と思いながら地上を目指す。何度かエスカレーターを乗り換え、中央コンコースに出たところで足を止めた。

壁沿いのみならず、真ん中あたりにも様々な店が設けられている。飲み物は言うまでもなく、お菓子、パン、ソーセージ、果物や鶏の丸焼きまで売られている。日本のように、そこら中に深夜まで開いているコンビニがあるわけではない。ただ、中央駅には二十四時間営業の売店があり、深夜でも早朝でも日祝日であろうと買い物は可能だ。七緒がホテルを中央駅前に決めた理由のひとつだった。

七年の間に様変わりしたのではないか、と不安だったが、そう大きな変化はなく、以前来たときに何度も使ったパン屋の青い看板にほっとする。

この店のバタープレッツェルは最高だったなあ……なんて思い出しつつも、パン屋は素通りし小さなスーパーに向かった。

チェックインタイムも気になるが、中央駅前のホテルなので深夜に訪れる客には慣れているだろうし、到着時刻も余裕を持って知らせてある。買い物に一時間も二時間もかかるわけでないから、さっと済ませることにしたのだ。

スーツケースを引っ張って駅の出入り口に一番近いところにあるミニスーパーに入る。

最低限買わなければならないのは水だ。

ドイツは海外には珍しく、水道水を飲んでも大丈夫な国とされている。インターネットにも、蛇口から汲《く》んだ水をそのまま飲んでも平気だったという強者の記事が上がっていたが、七緒は二の足を踏んでしまう。

もともと体力に自信なんてない。おまけに半日かけて移動してきたばかりだ。衛生的には問題なくても、弱った内臓が飲み慣れない硬水を受け入れてくれるとは限らない。

七年前の旅でも水道水は飲まなかった。今回の旅にしても、よほどのことがない限り、ペットボトル入りの水に頼るつもりだった。

――えーっと……これは炭酸ガス入りだったよね。こっちもガス入り……。これはガスなしだけど、確か硬水だったはず。あ、これは大丈夫なやつだ！

日本でもお馴染《なじ》みの青いキャップ、緑色のフィルムがついたペットボトルを見つけ、七緒は歓声を上げた。

とりあえず二リットル入りのボトルを一本とスナック菓子を一袋持ってレジに向かう。本当はもっといろいろ買いたかったけれど、スーツケースを引っ張ったままでは持ちきれない。かといって、交替で荷物の番をする同行者もいない。

――ひとり旅は気楽だけど、こういうときは不便よねえ……

四苦八苦しながら大きなペットボトルとお菓子を抱え、レジカウンターに置く。店員さんが商品をレジに通している間に、ウエストポーチから財布を出す。ふと見ると、レジ横にチョコレートが置かれている。

チョコレートでコーティングされたウエハースにナッツクリームが入っていて、さくっとした歯触りとほどよい甘さがなんともいえない。前回は、同行者がお土産用に買ったものの、うっかりヒーターの近くに置いたために半分溶けてしまった。これではお土産にできないから、とふたりで食べたが、それでも美味《おい》しかったし、溶けていなければもっと美味しいはずだ。

これは食べてみなければ……と棚からひとつ取ってレジに置く。

チョコレートを追加した七緒を見て、店員が軽く目を見張った。

いい大人がこれを買うなんて……と思われたのかもしれない。なにせこのチョコレートは名前に『キンダー（子ども）』と入っているぐらいだから、子ども用に違いない。子連れでもない七緒が買うには相応《ふさわ》しくない商品なのだろう。

けれど、七緒のそんな思いをよそに、店員はおつりを返しながら言った。

「これ、私も大好き！　すごく美味しいわよね！」

着いたばかりの駅で、こんなふうに声をかけられて嬉《うれ》しくないわけがない。しかも、英語を使ってくれている。ドイツ語は挨拶《あいさつ》ぐらいしかわからなくても、英語なら日常会話ぐらいは理解できる。この人懐こさと、観光客大歓迎って感じがミュンヘンのいいところよねーなんて思いながら、ウエストポーチからエコバッグを出して詰める。

スーツケースの取手にエコバッグを引っかけてレジを去る七緒を、店員は「またね！」と送り出してくれた。

――さて、ホテルに行きますか。ホテルの人も、あの店員さんぐらい愛想がいいといいなあ。いや、愛想なんか悪くてもちゃんとした鍵《かぎ》をもらえるほうが大事か……海外のホテルでは、鍵のトラブルが多い。鍵そのものが歪《ゆが》んでいて、なんとか差し込めても女性の力では回すことができないとか、そもそも別の部屋の鍵を渡された、なんてことまである。

とにもかくにも、無事に部屋に入れますように、と祈りながらホテルへの道を歩く。初めてのホテルだが、事前に調べてあるし、駅とは目と鼻の先、大通りを渡って百メートルぐらいの場所なので迷う心配はなかった。

――あーよかった！　ちゃんと開いた！

鍵穴に差し込んで右に回す。いったん止まりはするけれど、押しても引いてもドアは開かない。なるほどね……と思いながら、さらにもう少し回すと、カチャリという鍵が外れる音がした。そのまま鍵を抜かずにドアを押し、ようやく中に入ることができた。

ドイツの鍵はドアノブの役目も果たす。そして、たいていの場合ドアノブそのものは回らない。解錠に使った鍵を抜き、改めてドアノブを回すというのが面倒なのかもしれない。大ざっぱだなあ、とは思うが、細かいことを気にしていたら旅行なんて楽しめない。ちゃんと開いて、出かけるときにまた施錠できればそれでいいのだ。

無事に部屋に入った七緒は、まずエコバッグから水を取り出す。

もちろん部屋に冷蔵庫なんてない。高級ホテルなら常備されているだろうけれど、ここはビジネスホテルだし、宿代だって駅前にしては安いほうだ。シャワーブースだけで、浴槽すらない部屋に冷蔵庫があるわけがなかった。

『えーやだ、温《ぬる》ーい……』

頭のどこかでそんな声がする。聞こえないふりで、七緒は備え付けのグラスに水を注ぐ。

――大丈夫、水なんて温くても平気。むしろ身体にいいぐらいよ！

水どころか、ジュースだってビールだって温い。夏の盛りだというのに『冷やす』という概念がないのがドイツだ。レストランに入ったところでせいぜい『ひんやり』、『キンキンに冷えた』ビールなんてお目にかかれない。

ただ、ドイツの夏は日本ほど気温が上がらないし、ドイツ人はとても健康に気を遣っている。冷たすぎる飲み物は身体に悪いと考えているのかもしれない。

とりあえず水を一杯飲み、一息ついたところで、ドアの前にほったらかしてあったスーツケースを取りに行く。

部屋の奥に広げ、ざっと中を確かめる。多少移動はしているものもあったが、中身はほぼ日本で詰めてきたとおり、壊れたものもなさそうだ。ほっとしたところで、微妙に空腹を覚えた。

機内食を食べてから四時間ほど経っている。しかも一回目の機内食を食べたあとは座ったままうとうとしていただけで、大してお腹も空《す》かず、大半を残してしまった。空腹なのは当たり前だが、スナック菓子とチョコレートで空腹を満たすのは悲しすぎる。パンでも買ってくればよかったと思っても後の祭りだった。

すんなり部屋に入れたおかげで、時刻は午後七時半にもなっていない。窓の外はまだ明るいし、買い物に行ってこよう。駅に戻ってもいいし、反対方向に大きなスーパーがあるはずだから、そこに行ってみてもいい。

スーツケースを開けっ放しのまま部屋を出る。

あの子がいたらこうはいかなかっただろうな、と思いかけて、頭をぶんと振る。彼女のことは考えないと決めたはずなのに、ことあるごとに思い出が邪魔をする。

いくらミュンヘンが何度訪れても魅力的だと言っても、わざわざ、彼女と一緒に来た町を選ぶことはなかった。なぜそんな選択をしたのか、自分でも不思議だった。

あの子——沢渡六花《さわたりりっか》は七年前に一緒にミュンヘンに来た親友、いや親友だったと言うべき存在だ。

高校一年で同じクラスになり、名前に数字が入っているところが同じだね、と笑い合ったのがきっかけで仲良くなった。三年間同じクラスで、学科こそ違うものの同じ大学に進学、就職後も関係は続き、食事をしたり呑《の》みに行ったりは数えられないほどだし、休みを合わせて旅行することも多かった。ここ数年、七緒にとっての旅行は六花ありき、ふたり旅ばかりだったのだ。

けれど今、六花はいない。休みが合わなかったのではなく、最初から誘わなかった。なぜなら一年前に喧嘩《けんか》したきり、連絡すら取っていないからだ。

きっかけは些細《ささい》なことだった。なんでそんなことで、と思うほど……

去年、夏のボーナスが出てすぐのころに、彼女がハイブランドのジャケットを買おうとした。何度も写真やイラストを送ってきては、あれはどうだ、これはどうだ、と意見を求めてくる。最初はいつものことだと相談に乗っていたが、急に仕事が忙しくなって返信が遅れがちになってしまった。七緒にしてみれば、大人なんだから服ぐらい自分で決めてくれ、と思う気持ちが大きかったのだ。

ところが、そうこうしているうちに六花が一番気に入っていたらしきジャケットが売り切れてしまった。数量限定販売だったそうで、今後売られることはないという。

六花は、七緒が早く返信してくれなかったからだ、と文句を言い、依然として忙しかった七緒は、売り言葉に買い言葉で『なんでも私に頼らないで、自分のことぐらい自分で決めて！』と返してしまった。

ぺこりと頭を下げているアザラシのスタンプを最後に六花からの返信は途絶え、七緒から連絡することもないまま時が過ぎた。そして立春が近づいたある日、共通の友人から彼女が結婚することを聞かされたのである。

六花にそんな相手がいるなんて知らなかった。彼女は隠し事が上手なタイプではないから、七緒と喧嘩をしてから出会った人だろう。スピード婚とはいえ三十歳は目前、もともと六花は結婚願望が強かったこともあり、意外ではなかった。ただ、ああもうこれで本当におしまいだな……と思った。

喧嘩をしてからも、職場で嫌なことがあるたびに、六花に愚痴を聞いてもらいたくなった。カレンダーで連続する赤い日付を見つけると、『次の旅行はどこにする？』なんてメッセージを送りそうになった。誘えばすぐに『いいよー、行き先は七緒が決めてー』なんて返信が来て、ちょっといらっとしながら店や旅行先を探す……それが七緒の日常だったのだ。

でも、もうそんな日は来ない。六花には、七緒よりももっと一緒にいたい存在ができた。おそらく頼りがいもある人だろう。今更七緒と仲直りする必要なんてない。本人から結婚についての知らせがないのは、その証《あかし》に違いない。

あんなメッセージを送るんじゃなかった。少なくとも、平謝りのアザラシスタンプが送られてきたときに、なにかフォローの言葉を返すべきだった、と思っても後悔先に立たず。今更『結婚するんだって？』なんて気軽なメッセージを送ることもできず、ただため息をつくばかりだった。

　それでも春が過ぎ、梅雨に入るころには、諦《あきら》めに近い境地になった。

　いくら親友でも、一生べったりつきあえるわけじゃない。結婚したら、友だちより旦那《だんな》さんと過ごしたいに決まっているし、もしかしたら子どもだって生まれるかもしれない。たとえ喧嘩をしていなかったとしても、気軽に呼び出すのは難しくなっていたはずだ。

　六花は新しい生活にまっしぐらだ。彼女と過ごした時間は、とても楽しかったけれど、それはもう過去のこと。大丈夫、六花がいなくても人生が終わるわけじゃない。現に、この一年だってちゃんと生きていた。旅だって、行きたければひとりで行けばいい。いい大人なんだから、ひとりで行けないわけがない――それが、今回七緒がひとりで旅に出た理由だった。

　切符の打刻を忘れるのも、うっかりチョコレートを溶かしてしまうのも、水が温いと嘆くのも、部屋の中を移動するたびに広げたスーツケースに躓《つまず》くのもすべて六花だ。行きたいと思ったら、荷物なんて放り出してとりあえず出かけてしまえる七緒と違い、六花は支度にも時間がかかる。出した覚えもないくせに財布やパスポートがちゃんとウエストポーチに入っているか、二度三度確認し、まったく崩れていない化粧を直す。

その間、七緒はただ待つしかなく、もういいでしょ！　なんて腕を引っ張るように部屋を出たことも少なくなかった。

六花がいなければ、七緒はもっとスムーズに旅ができる。自由気ままにひとり旅を楽しむのだ！　そんな思いで旅に出た。

それなのに、彼女の数々の失敗や無駄に過ごした待ち時間ですら、懐かしくてならない。これほど思い出に囚《とら》われているようでは、とてもじゃないが旅を楽しんでいるとは言えなかった。

自分にうんざりしながらホテルを出る。今日の夕食は駅の売店で済ませるつもりだった。

ところが、歩き出して二十秒もしないうちに七緒は足を止めた。なぜならそこに、小さなインビス（軽食スタンド）があったからだ。

――ここって飲み物だけしか売ってないと思ったけど、ピザとかも売ってるんだ……

さっき通ったときに、棚に並べられたペットボトルには気づいていた。

ドイツでは、日本のようにそこら中に自動販売機があるわけではないので、ホテルの近くに飲み物が買える店があるのは助かるな、と思いながら通り過ぎたが、改めて見ると、ピザやウインナーの写真が掲げられているし、奥に設けられたカウンターの中には、大きな肉の固まりが見えた。

肉の脇にヒーターらしきものも見つけ、七緒は小さく息を呑む。

あれは紛れもなくドナーケバブ、細切れの羊肉をひとかたまりにし、炙《あぶ》り焼きにしてから削って食べるドイツではお馴染《なじ》みのファストフードだ。

日本でも人気急上昇中で、大きな商店街に行くと店もあるし、各種イベントの際はキッチンカーでの販売もおこなわれている。もちろん七緒も大好物、わざわざドナーケバブを買うために、上野《うえの》や秋葉原《あきはばら》に行くこともあるぐらいなのだ。

元細切れ、現在は巨大な固まりとなった羊肉は、赤いヒーターの前でぐるぐる回っている。ただ、固まりの下にスライスした肉は見られない。今ならきっと、削ぎ取ったばかりの熱々の肉を渡してもらえるはず……

そんなことを考えていると、カウンターの中にいた体格のいいお兄さんがすっと手を伸ばし、スイッチらしきものを操作した。とたんにヒーターの赤い明かりが消える。

おそらく閉店時刻が近いのだろう。

のんびりしている場合ではない。今すぐ注文しなければ！　とばかりに店に突入する。

「Hallo!」

元気よくかけた声に、お兄さんが振り返ってこちらを見た。

もう閉店だよ、と言われるかもしれないと覚悟したが、明るい笑顔に安堵《あんど》する。お兄さんは同じように挨拶《あいさつ》を返してくれたあと、小首を傾げて七緒を見た。

これは注文しろということだろう、と判断し、カウンターの上に目を走らせる。運がよければメニューが置かれているはずだ。

今日の七緒はかなり幸運らしく、メニューはレジのすぐ隣にあった。しかも写真入りだ。

――ラッキー！　これならなんとかなる！

写真を頼りにドナーケバブサンドを注文する。ドナーケバブサンドは削り取った肉をピタブレッドに挟んで食べるサンドイッチの一種で、野菜もたっぷり入っているので栄養バランスもいい。おまけに、白いヨーグルトソースと茶色のスパイシーなソースの量を加減することで好きな辛さにできるし、嫌いな野菜があれば、抜いてもらうことも可能というかなり融通の利く食べ物なのだ。

予想どおり、お兄さんは熱々の肉を削ぎ取る。半分に切ったピタブレッドにまず肉を、その上から野菜をどっさり入れて白いソース、最後に茶色いソース……あっという間にドナーケバブサンドの出来上がりだった。

お待たせ、と渡された紙包みの大きさと重さに、一瞬たじろぐ。

——そうだった……ドイツのケバブ、大きいんだよね……

前回のドイツ旅行以降、何度もドナーケバブサンドは食べた。だが、どれも日本でのこと、サイズだって七割、どうかすると半分ぐらいのものもあり、本場のドナーケバブサンドの大きさを忘れてしまっていたのだ。

でもまあ、ホテルの部屋で食べるのだから問題はない。常温で置いて傷むものが入っているわけじゃないし、残ったら明日《あした》の朝にでも食べればいい。

一緒に飲み物もどう？　と訊《たず》ねられて追加したコーラも受け取り、大急ぎでホテルに戻る。とはいっても徒歩三十秒、ドナーケバブサンドができるまでの時間を含めても十二、三分しかかかっていなかった。

部屋に入るなり慌ただしく手を洗い、ドナーケバブサンドに齧《かじ》り付く。持って歩く間にも美味《おい》しそうな匂いが鼻をつき、我慢も限界だったのだ。

大きく齧り取ったドナーケバブサンドをもぐもぐ……ゴクンと呑《の》み込んでにやりと笑う。

香ばしく焼き上げられた肉は柔らかく、下味がしっかりつけられている。ニンジン、ピーマン、オニオン、キャベツは緑と紫の両方……野菜は瑞々《みずみず》しく歯応《はごた》えは抜群、白いソースはヨーグルト風味でほんのり甘く、茶色いソースはぴりりとした辛さが舌を刺す。どちらか片方だけでは単調すぎるが、両方使うことで味にぐっと深みが出る。

ふんわり柔らかいピタブレッドに肉、何種類もの生野菜、白と茶色のソース……すべてが合わさってこそのドナーケバブサンドだった。

買いに行く前は『ちょっとお腹が空いた』程度だった。受け取ったあとは、食べきれないかも……と思った。だが、そんな心配はまったく無用、大きなドナーケバブサンドはあっという間に胃袋に収まってしまった。

ドナーケバブサンドは最高だったし、コーラも珍しくよく冷えていた。これなら六花も文句は言わないだろうな、と思ったところで、またため息……

ミュンヘンでの第一夜は、絶品ドナーケバブサンドと六花の面影とともに終了した。

翌朝、七緒は窓の外から聞こえてくる声で目を覚ました。

どうやら窓の下で誰かが話をしているらしい。喧嘩《けんか》ではなく話、しかも至って和やからしきやりとりで、ところどころに笑い声がまじる。

枕元に置いたスマホを確かめると、時刻は午前六時四十分を表示している。本音を言えばもう少し眠っていたかったが、人の声で起こされる朝は悪くない。怒鳴り声ではなく談笑ならばなおさらだ。

窓の外を見上げると、空は深い青。八月のミュンヘンはもう秋の支度を始めているらしい。こうしてはいられない、と七緒は勢いよくベッドから起き上がった。

硬くなりつつあった首や肩もほぐれ、時差ぼけの気配もない。飛行機の中の浅い眠りのツケは、しっかり取り戻したようだ。

――まずは朝ご飯。今回は朝食付きのプランだから、食堂に行ってみよう……って言っても、今日はこのあと町に出てヴァイスヴルスト（白ソーセージ）を食べるつもりだから、コーヒーだけでいいか……

仔牛《こうし》肉に香辛料を混ぜて作るヴァイスヴルストは非常に傷みやすく、かつては午前中にしか食べられなかったそうだ。保存方法が改良された今では午後でも食べられるようになったし、夕食に出すレストランもあるそうだが、どうせなら午前中に食べたい。せっかくのバイエルン名物を堪能《たんのう》するためには、朝ご飯でお腹をいっぱいにするわけにはいかなかった。

食堂は狭いながらも清潔感のある部屋で、壁際に置かれたテーブルに様々な種類のハム、チーズ、パンが並べられていた。

飲み物はオレンジジュースとミルクのポットが用意されているが、野菜はミディアムサイズのトマトとスライスされたキュウリしかない。ただし、トマトは真っ赤に熟しているし、キュウリだって日本のものと比べて三倍ぐらいの太さで頼もしい。野菜の『や』の字もないホテルだってあるのだから、あるだけマシだ。しかも食堂の入り口近くには丸ごとのリンゴとオレンジも盛られている。宿代を考えれば、十分と言えた。

丸皿を手に、パンを選ぶ。コーヒーだけにしようと思っていたのに、あまりにもパンが美味しそうで我慢できなくなってしまったのだ。

カイザーゼンメルと呼ばれる硬くて丸いパンにするか、柔らかいクロワッサンにするか……。ひらがなの『ぬ』みたいな形のプレッツェルもあるが、これはヴァイスヴルストと一緒に出てくるはず、ということで、カイザーゼンメルを皿にのせた。

――こういうドイツのパンって『ブレートヒェン』って言われてて、『ヒェン』は小さいものって意味だって聞いたけど、あれって嘘だよね……

どこが小さいんだか、と苦笑しながらパンをちぎり、バターを塗る。バターひとつ取っても日本のものとは味の深みが違う。

さすがはパンの国、と感心しているところに、ホテルの人がやってきた。腕も腰回りもボリュームたっぷり、子どもが五人、孫は十五人ぐらいいそうな女性だ。これぞドイツの『おっかさん』という感じで、手にはコーヒーポットを持っている。こんなに大きなコーヒーポットは見たことがない、と驚きながらカップに注《つ》いでもらったとたん、濃いコーヒーの香りが広がった。

コーヒーはカップの縁ぎりぎりまで入れられている。大サービスなのか、もともとそういう注ぎ方なのかはわからないが、これではミルクが入れられない。いや、標準的な量なら入らないでもないが、なにせ七緒は、コーヒーには『砂糖とミルクをたっぷり入れたい派』である。

ドイツのコーヒーは薫り高く、苦みもしっかり、それでいて後味にほのかな甘みまで感じるという逸品だ。コーヒーマニアには、ブラックで味わってこそだ、と叱られるかもしれないが、これほど濃くてしっかりした味わいだからこそ、ミルクや砂糖をたっぷり入れられる。安っぽいコーヒー牛乳みたいにならずにすむのだ。

とりあえず、ブラックで二口飲み、マニアさんこれで許してね、なんて心の中で呟《つぶや》きつつ、ミルクをドボドボ注ぎ、コーヒー色の角砂糖をふたつ落とす。

くるくるかき混ぜてまた一口、七緒の好みにぴったりのコーヒーが出来上がっていた。

コーヒーとカイザーゼンメルを交互に味わいながら、隣のテーブルに目をやる。そこには若い夫婦と五、六歳ぐらいの男の子がいた。料理はすでに取り終わり、夫婦は男の子の世話をしながら食事を進めている。

そこにさっきの『おっかさん』がやってきた。ただし手にはコーヒーポットではなく、マグカップを持っている。おそらくあれはホットチョコレートだろう。大人はコーヒー、子どもはホットチョコレート、それがドイツのスタンダードらしい。

そういえば、旅の途中で六花は何度もホットチョコレートを勧められていた。

ホテルの人が七緒のカップにコーヒーを注ぐ。彼、もしくは彼女はそのあと六花の姿を確かめ、頷《うなず》いて引き返す。そして、得意満面でホットチョコレートが入ったカップを持ってくるのだ。

そのたび六花は、同い年なのに、なんで私にだけ子どもの飲み物を勧めてくるのよ！　と怒っていたが、ただでさえ日本人は幼く見られやすい。童顔でぽっちゃり体型、柔らかい雰囲気を持つ彼女は、よけいに子どもっぽく見えたのだろう。

とはいえ、濃くて甘いホットチョコレートは、大人が飲んでもとても美味しい。六花は、口ではなんのかんの言いながら、内心ホットチョコレートを気に入っていたのかもしれない。

帰るまでに一度ぐらいは、飲んでみるかな……と思いながら、七緒はカイザーゼンメルとコーヒーを楽しんだ。

その後、いったん部屋に戻って町に出かける準備をする。

時刻はまだ八時を過ぎたばかりだが、これから向かうマリエンプラッツはミュンヘン観光の目玉とされる場所で、近くには市場もある。朝早くから開いている店も多いだろうし、外から教会や市庁舎を見るだけなら時刻なんて関係ない。むしろ、早い時刻のほうが混雑していなくて見やすいだろう。

ミュンヘン中央駅からマリエンプラッツまでは地下鉄で二駅だ。ホテルから駅まで歩く時間を含めても十分もあれば着いてしまうが、それではちょっと味気ない。時間はたっぷりあるし、徒歩でも二十分ぐらいなので、町並みを眺めながら歩いて行くことにした。

——えーっと、確かここで曲がるんだったよね……うん、間違いない！

駅前通りから折れた先の風景に、七緒はほっとした。まだ開店はしていないものの、いくつかの看板に見覚えがある。まぎれもなく、マリエンプラッツに通じる一番わかりやすい道だ。

前回のホテルもミュンヘン中央駅あたりで、マリエンプラッツまでは何度も歩いた。道沿いにある店を覗《のぞ》いたり、時にはアイスクリームを買って食べたりしながら歩いた。種類が多すぎてひとつに決められず、ダブルにした挙げ句、お腹が痛くなってトイレを探し回ったこともある。あのときは大変だった、と苦笑しながら、石畳の道をずんずん歩く。

すでにディスカウントスーパーが開いている。昨日買った水では足りないに違いないから、帰りに買うことにする。あのスーパーなら駅のミニスーパーよりずっと安いはずだ。なんならお土産も探せばいい。海外旅行のお土産は、下手に観光地で買うよりも地元のスーパーで探すほうが面白い。前にきたときもチョコレートやビスケット、グミなどをずいぶん買い込んだ。

六花はチューブ入りのホースラディッシュがずいぶん気に入ったらしく、日本で同じようなものを買っては『なんか違う』と首を傾げていた。使い終わったあともしきりに、もっと買ってくれればよかった、と嘆いていたっけ……。

もう六花のことを思い出さずにいるのは無理だ。こうなったらとことん思い出に浸り、あとはすっきり忘れよう。そんな、半ばあきらめの気持ちでスーパーを通り過ぎ、なおも進む。

ミュンヘン中央駅の次の駅であるカールスプラッツを抜けると、一気に商店街の雰囲気が高まる。土産物を売る店、入り口近くに猪《いのしし》の銅像が置かれた博物館、教会などが並ぶ中に、靴や衣料、電化製品を売る店も並んでいる。

ここは観光地であると同時に、ミュンヘンの人たちの生活の場でもあるんだな……と思いながら歩くこと十五分、七緒はマリエンプラッツ——ミュンヘン市庁舎前広場に到着した。

思ったとおり人影、とりわけ観光客らしき姿はまばらだ。ただ二時間半もすれば、この広場は人であふれかえる。この市庁舎の名物となっているからくり時計が動き出すからだ。

高い塔の上のほうにある窓が開き、出てきた人形が音楽に合わせて踊り出す。インターネット情報によると三十二体あるそうだが、前回は数までは確かめなかった。からくり時計が動くのは午前十一時、そのころにはヴァイスヴルストを食べ終わっているだろうから、数えに来るのもいいかもしれない。

果たして人形の見分けが付くのだろうか、と思いながら市庁舎の前を通り過ぎ、おもちゃ博物館から少し進んだところで右に折れる。この先にはヴィクトアリエンマルクトと呼ばれる市場があって、生鮮食品やお土産物が買えるのだ。

くるみ割り人形や飾りナイフを売る店、肉屋、インビス……道沿いの店はどこもまだ閉まっている。けれどヴィクトアリエンマルクトの中の屋台はちらほら開いていて、果物や野菜が山積みにされている。ソーセージを売る店は商いを始めるところらしく、店員が折りたたみ式の品書きを出しにきていた。

——この店の焼きソーセージ、すごく美味《おい》しかったなあ……。なんか、全然変わってない。あのシーフードショップもまだあるのかな……

前回来たとき、初めのうちは大喜びでドイツ料理やイタリア料理、時にはトルコ料理まで堪能《たんのう》していたものの、日に日に六花の食が進まなくなった。

美味しいんだけど、もういいかな……とフォークを置き、果物か薄いハムぐらいしか食べなくなった。四日目の午後、散歩がてらこの市場に来て、シーフードショップを見つけたときの六花の嬉《うれ》しそうな顔と言ったら……

店に入った六花は寿司《すし》を見つけて『万歳！』と叫んだあと、パック詰めを鷲《わし》づかみにしてレジに直行した。いわゆる空腹感はあるけれど食欲はない、という状態だったのだろう。

お世辞にも美味しいとは言えないし、ぼったくりみたいな値段だった。それでも六花は、とにかく醤油《しょうゆ》とごはんと海苔《のり》の組み合わせが素晴らしい、山葵《わさび》だってあり得ないほど気が抜けてるけど入っているだけで上等だ、と褒め称《たた》えた。

――あのときの六花、ほとんど泣きそうになってたっけ……。私は食事に不満はなかったけど、六花はずっと辛《つら》かったんだよね……

せっかくの海外旅行なんだから、日本では食べられないものを食べたい。そんな七緒の主張を、六花は一切否定しなかった。

思えば、もともと六花は脂っこいものが苦手だった。外食に行くときも、小洒落《こじゃれ》たイタリアンレストランよりも落ち着いた和食処を好んだ。

ドイツという国に行ってみたい気持ちはあったにしても、重い食事には耐えかねていたのだろう。もっと早く気づいて和食にしようって言ってあげればよかった、ミュンヘンには何軒かは和食レストランだってあったはずだし、自分だって脂っこさにうんざりしかけていたのに……と後悔することしきりだった。

――六花だって、私に不満なことはいっぱいあったんだろうなあ……

選択権を与えられたのをいいことに、好き勝手にしていた。彼女にとって、七緒と距離を取ったのはいいことだったのだろう。だからこそ、連絡してこない。なるべくしてこうなったのだ、と思うしかなかった。

ヴィクトアリエンマルクトをぐるりと回り、ついでにイザール門にも足を延ばしてみた。

イザール門はバイエルン公ルードヴィッヒ四世によって造られ、ミュンヘンに現存する唯一の門塔だそうだ。前回は時間がなくて来られなかったので、一度見てみたかったのだ。とはいえ、門は門。フレスコ画にも興味はないし、別段面白いところはない。

立派だけど、これって復元されたものだから趣には欠けるかなあ……と身も蓋《ふた》もない感想を抱いたあと引き返す。時刻はまもなく十時になる。ヴァイスヴルストを食べる予定のレストランは十一時を過ぎると大混雑になる。歩き回っているうちに朝食のパンもこなれたようだし、今のうちに戻って食べたほうがいいだろう。

幸いレストランはまだ空《す》いていて、すぐに案内された。

席に着くなり、ビールとヴァイスヴルストを注文する。昼にもならないうちからお酒なんて、と眉《まゆ》を顰《ひそ》める人はここにはいない。大半の人がビールを注文しているし、ソーセージにはビールが合う。なによりドイツのレストランでは水やソフトドリンクよりビールのほうが安いのだ。

すぐにビールが運ばれてきた。卓上にはカゴに入ったプレッツェルが置かれている。ウインナーが来るまで、これをつまみに呑《の》んでいろということね、と皿にひとつ移し、表面についている塩を少し落とす。そのままでは七緒にはしょっぱすぎるからだ。

適当に塩を落とし、端をちぎって口に入れたとき、早くも陶器の壺《つぼ》が運ばれてきた。中にはお湯が張られ、ヴァイスヴルストが浮かべられている。前回はもっと待たされたが、客が少ないうちに来たのがよかったのだろう。

早速一本皿に取り、縦にまっすぐナイフを入れる。もう一度ナイフを入れて皮を取り除いたあと、一口大に切る。ドイツ人は当たり前みたいな顔でやっているが、慣れていない七緒は四苦八苦だ。それでもなんとか切り終え、粒マスタードをたっぷりつけて頬張った。

粒マスタードは日本で売られているものよりずっと甘い。初めて食べたときはとても驚いたが、脂分が少なく、見た目よりはるかにあっさりしているヴァイスヴルストに、この粒マスタードはぴったりだ。

ヴァイスヴルストの食感は、焼きソーセージとはまったく違う。『肉を使いまくりました！』と言わんばかりの荒っぽい歯応《はごた》えではなく、魚肉ソーセージに近い滑らかさと柔らかさがある。ふんわりとした歯触りにハーブの香り、香辛料の微《かす》かな刺激、そこに粒マスタードの甘さが加わって、フォークを口に運ぶ手が止まらなくなる。

あっという間に一本目を食べ終わり、ビールをゴクゴク……これぞ『口福』と、大きく息を吐いたとき、テーブルに置いていたスマホがポーンと軽い音を立てた。

画面には母の名前が表示されている。どうやら、SNSを使ってメッセージを送ってきたようだ。

──なんだろ、朝っぱらから……って、日本はもう夕方か……

時差があったな、と苦笑しつつ読んでみる。中身は、ずいぶん前に届いた手紙を見過ごしていた、という、いかにもうっかり者の母らしいものだった。

『どこから？』

どうせ通販のDMかなにかだろう、と思いながら差出人を訊《たず》ねてみた。返ってきたメッセージは、驚愕《きょうがく》の内容だった。

『六花ちゃん。しかも消印は一ヶ月も前……古新聞を整理しようとして気がついた。本当にごめん！　鶴の切手だし、連名だからたぶん結婚式の招待状だと思う』

『マジ……開けてみてくれる？』

『やっぱり結婚式の招待状だった』

『結婚式はいつ？』

『九月十七日』

『返信期限は？　まだ間に合うよね？』

結婚式の招待状の返信期限は、式の一ヶ月前に設定されていることが多い。今日は八月十日だから、結婚式が九月十七日ならなんとか間に合うかもしれない。

せめて期限内であってくれ、と祈るような気持ちで母の返信を待つ。だが、届いたメッセージは容赦ないものだった。

『七月三十一日』

どうやら六花の相手は、かなり堅実なタイプらしい。早めに参加者を特定して、準備を進めたいのだろう。

母は詫《わ》びのメッセージやスタンプを連打してくる。けれど、責任の半分は七緒にもある。六花が結婚すると聞いたとき、式に招待されるなんて予想もしなかった。喧嘩《けんか》していなければ、母に『招待状は来てない？』と訊ねたかもしれない。なにより、ちゃんと連絡を取っていれば、六花本人から返信が来ていないことへの問い合わせがあっただろう。

喧嘩のあと、一年近く連絡を取っていない。それでも七緒に結婚式に来てほしいと思ってくれた。誘っても来ないかもしれない、と思いながらも、勇気を振り絞って招待状を送ってくれた……

結婚式の招待状の返信は一週間以内にすべきと言われているし、七緒ならそれぐらい知っているはずだと六花もわかっている。

一週間、二週間……締め切りを過ぎても、七緒からの返信は来ない。六花はどんな気持ちだっただろう。郵便受けを開けては落胆する六花の姿が目に浮かび、七緒はいても立ってもいられない気持ちだった。

『とりあえず、六花に連絡してみる』

『そうして！　やらかしたのはお母さんだって、よくお詫びしておいて！』

了解、とスタンプを送り、すぐさま六花とのやり取り画面を表示させる。

最後にあるのは、頭を下げているアザラシのスタンプだ。ため息をつきながら、何度このアザラシを眺めたことだろう。

いつもなら『ドンマイ』なんて軽く返せた。少し時を置いて、この間はごめん、私も言い過ぎた、と送ることだってできたはずだ。だが、できなかった。時が経てば経つほど頑《かたく》なになり、六花なんていなくても平気だと思い込もうとした。

あのときの自分は、なににあれほど疲れ、苛立《いらだ》っていたのだろう。今考えても、魔が差したとしか思えなかった。

『送ってくれた招待状、新聞に紛れてて、今気がつきました。本当にごめんなさい。結婚式には出られないけど、六花の幸せを心から祈ってます』

消しては打ち、打っては消し……ようやくメッセージを作り上げ、最後は勢い任せに送信マークを押した。

おそらく返信は来ない。それでも、送らずにいられなかった。もしかしたら、あのとき、アザラシのスタンプを送ってきた六花も同じ気持ちだったのかもしれない。

一分、二分と時が過ぎる。五分経って、諦《あきら》めて泡が消えつつあるビールジョッキに手を伸ばしたとき、スマホの画面がぱっと明るくなった。画面には、六花の名前が浮かんでいる。

『えー結婚式、来てくれないの？』

一年の空白などなかったようなメッセージに、肩に入っていた力が一気に抜ける。

これは六花なりの気遣いだと察し、同じ調子で返す。

『締め切り過ぎちゃってるから、今更出るって言っても無理でしょ？』

『なんで？』

『今、電話していい？』

『なんでって……』

『電話は駄目！　お店の中だから』

『買い物？』

『ごはんを食べてる』

『まだ五時半なのに？』

『こっちは朝の十時半だよ』

『どこにいるの？』

『ミュンヘン。目の前にヴァイスヴルストとビールがある』

『前に一緒に行ったお店？』

『そう』

『まず食べて！　ビールも呑んで！　食べ終わったら連絡して！』

それきり、六花のメッセージは途絶えた。

前回の旅行でも、六花とこの店でヴァイスヴルストを食べた。当然、ヴァイスヴルストは熱いうちに食べなければ魅力半減だということも、この店は人気で午前中から行列ができるということも知っている。気遣いに富む六花は、七緒に美味《おい》しいうちに食べてほしいし、早く食べてほかの客に席を空けるべき、と思ったのだろう。

正直に言えば、ヴァイスヴルストなんて味わっている気分ではなかった。けれど、せっかくの心遣いだし、次はいつ食べられるかわからない。六花と連絡は取れたのだから、今は彼女の言うとおりにしよう。

残りのヴァイスヴルストを平らげ、ビールを呑み干す。プレッツェルについてはなにも言われなかった、と食べかけを紙ナプキンに包んでウエストポーチに突っ込む。

食事を再開してから支払いを終えて外に出るまでに、かかった時間は十分だった。

『店出た！』

帰ってきたのはメッセージではなく、電話の呼び出し音だった。すぐに通話開始アイコンをタップする。スマホから一年ぶりの六花の声が聞こえてきた。

『ちゃんと食べた？　美味しかった？』

「うん。すごく美味しかった。ビールも呑《の》んだ」

『いいなあ……私も食べたい！　それはそうと、なんで結婚式に出てくれないの？　先約でもあるの？』

「なんでって……席がないでしょ」

『あるよ。七緒の席なんてあるに決まってるじゃん』

「出席するって連絡もしてないのに？」

『欠席の連絡も来てないもん。まあ、欠席で返事が来てたら、押しかけて訂正させたけどさ』

「押しかけて……六花って、そういうキャラだった？」

『人間は変わるの。それより私の花嫁姿、見たくないの？』

「そりゃ見たいけど……」

『じゃあ、来て。お色直しも二回するから、しっかり見て、写真も撮りまくって。もちろんプロにはお願いしてるけど、親友目線で美しい私をばっちり撮ってね』

「美しい……あーうん、わかった……それと……」

そこでいったん言葉を切り、少し考える。スマホからは『なーにー？』なんて呑気《のんき》な声が聞こえてくる。意を決して口を開いた。

「去年は本当にごめん。私が悪かった」

そこでまた空白の時間。

やっぱり触れるんじゃなかった、丸ごとなかったことにすべきだった、と思いかけたとき、それまでとは打って変わった静かな声が聞こえてきた。

『七緒は悪くないよ。あれもこれも七緒、ううん、他人任《ひとまか》せにしてた私が悪い。七緒に言われなかったら気がつかなかったし、いつまでもあのままだった。でも、七緒のお陰でこれじゃあ駄目だって思えたし、ちょっとは変われた』

「変われた？」

『うん。いい大人なんだから、自分のことぐらい自分で決めなきゃ、って思った。で、それができるようになるまで七緒には連絡しないでおこう、って決めた。でも、七緒と遊ばなくなったら時間を持てあましちゃってね。しょうがないから、ずっと好きだった会社の人に告白してみた』

「すごい展開……てか、しょうがないからって……」

『失礼だよねー。だから彼には内緒。でも、いざ告白してみたら、彼も私のこと好きだったってわかった。彼も私と似たような性格だから、言い出せなかったんだって。で、そのあとはとんとん拍子に進んであっという間に結婚よ。あのときはっきり言ってもらえてなかったら、こうはなってなかったと思う』

「そっか……なら、よかった」

『うん。付き合うことも、結婚も、結婚式自体も、ちゃんと自分で考えて決められた。これならもう七緒に連絡しても大丈夫、って思えたから招待状を送ったの』

「でも返信は来なかった、と……最悪だよね、私」

『最悪ってことはないよ。確かに、まだ怒ってるのかーとは思ったけど、それぐらい怒らせたってことだから仕方ないなあ、って。でも、どうしても結婚式には来てもらいたくて、席だけは確保して、お盆休みにでも会いに行くつもりだった』

「そこまで……」

『だって私たち、十五年も付き合ってるんだよ。「友人代表挨拶《あいさつ》」を任せられるのって、七緒しかいないじゃん』

「えっ、それ、私がやるの⁉」

『よろしくー。あ、ごめん、彼から電話が来てる！　詳しいことは帰国してから。またね！』

そこで唐突に電話が切れた。

SNSのアプリを閉じながら、七緒は呆然《ぼうぜん》とする。仲直りできたのはいいが、とんでもない大役を押しつけられてしまった。しかもあの言いよう……

六花は昔から、誰かを好きになっても自分から告白なんてしなかった。できなかったというほうが正しい。ただただ、相手への思いを七緒に語り続け、見かねた七緒が仲を取り持ったこともある。旅行や買い物ばかりではなく、恋愛すら七緒任せだったのだ。

その六花が自分から告白して交際を始め、結婚に至った。さらに式に至るあれこれをしっかり決め、ちゃっかり友人代表挨拶まで依頼してくる。

確かに彼女は変わった。しかも『ちょっと』ではなく大きく……

そして次の瞬間、恥ずかしさと情けなさがこみ上げた。

——六花が変わろうとしていた間、私はなにをしていたんだろう……

六花は、自分のことを自分で決められるようになるまでは七緒に連絡はしないと決めた。つまり、七緒との関係を続けるために、自分を変えようと努力してくれたのだ。

一方、七緒は六花との仲は終わったものと判断し、忘れようとしていた。そのくせ、旅行先にわざわざふたりで訪れたミュンヘンを選んだ。おそらく心のどこかで、思い出の中でもいいから六花に会いたいと思っていたのだろう。

思い出しては失ったものの大きさに打ちひしがれ、もっと早く連絡しておけばなんとかなっただろうに……と後悔ばかりしていた。そんな中、母から連絡が来て、飛びつくように六花にメッセージを送った。こんなふうに仲直りができたのは、六花が結婚式の招待状という形で手を差し伸べてくれたからだ。

会わなかった一年の間に、六花だけが大人になった。さらに結婚という新しい扉まで開けようとしている。学生時代からの立ち位置を見事に逆転されてしまったのだ。

――やられちゃったなあ……。でもまあ、私は私で頑張るしかないよね……

人生は長いのだから、追い越したり追い越されたり、時には並んで進んでいけばいい。なにより大事なのは、これからも六花との付き合いが続いていくということだ。

頻繁に会えないとしても、電話やメッセージを使って連絡を取り合うことはできるし、六花が選んだ人なら、たまに旅行に出たところでうるさく言わないかもしれない。

失ったと思った友情を取り戻した喜びが、じわじわと湧いてくる。

旅が終わったら六花に会いに行こう。お土産にチューブ入りのホースラディッシュを買ってきたと言えば、六花はローストビーフを作って待っていてくれるに違いない。

料理上手の六花が作るローストビーフは、下手な食べ放題ビュッフェよりもずっと美味しい。ホースラディッシュたっぷりのローストビーフでキンキンに冷えたビールを呑みながら、彼氏とのなれそめや結婚式のあれこれを聞かせてもらおう。

頬を染め、えーそこまで訊《き》くー？　なんて言いながら、話し始める六花。予想以上の甘ったるさに辟易《へきえき》する七緒に〝六花は『あんたが訊いたんだからね！』なんて開き直るかもしれない。

遠慮もくったくもない、ただただ楽しい時間を想像し、七緒はにんまりと笑う。

店の前で立ったままの七緒の前を、人が次々に通り過ぎていく。皆がマリエンプラッツに向かっているのは、もうすぐ十一時になるからだろう。

あと数分で、からくり時計が動き出す。あのからくりはバイエルン公ヴィルムヘルム五世とレターナ妃の結婚式を再現しているそうだ。

六花より先にヴィルムヘルム五世の結婚式を見物だな、と思いながら、七緒もからくり時計のある広場に向かった。

横浜アラモード

大崎　梢

大崎梢（おおさき・こずえ）
東京都生まれ。書店勤務を経て、二〇〇六年『配達あかずきん』でデビュー。主な著書に『片耳うさぎ』『夏のくじら』『スノーフレーク』『プリティが多すぎる』『クローバー・レイン』『めぐりんと私。』『バスクル新宿』など。また編著書に『大崎梢リクエスト！　本屋さんのアンソロジー』がある。

母が持ってきた「いい話」に、当たりはどれくらいあっただろうか。訝《いぶか》しむ気持ちは少なからずあったけれど、明穂《あきほ》は母の出してくれた芋けんぴを摘《つ》まみながら、「ふーん」「それで？」と、いつになく積極的に相槌《あいづち》を打った。

母の学生時代の友だちである久美子《くみこ》おばさんから、「おたくの明穂ちゃんに頼めんろうか」と相談されたそうだ。何かと言えば、久美子おばさんのお姑《しゅうとめ》さんである清子《きよこ》さんを、横浜《よこはま》に連れて行くという話。

「清子さんは今年八十三歳で、若いときに結婚して高知にきて、もうすっかりこっちの人ながやけど、生まれも育ちもほんとうは横浜ながやと。おうちが床屋さんをしゆうき、これまで旅行はおろか、里帰りもままならんで。でも本人は何も言わんき、家族も気にせんかったがやけど、最近になって結婚前の写真をたびたび見返しているみたいなが。年を取ると、子どもの頃のことが懐かしくなると言うもんねえ。おうちの人も親孝行や傘寿のお祝いをかねて、横浜に連れて行こうとしよったがやけど、降ってわいたコロナ騒ぎやろ。仕方なく延期にしたものの、お年を考えれば悠長なことも言ってられない。それで、他の人に頼んででも、という話になったらしいがよ」

三月半ばを過ぎ、気の早い桜は一輪、二輪とつぼみをほころばせていた。スーパーの店頭にも朝採りのタケノコが並び始めている。つい先日は明穂も山に入り、祖父の山菜採りにも付き合った。

春の高知など何年ぶりだろう。タラの芽やゼンマイ、こごみを収穫し、子どものように歓声を上げもしたが、山菜同様、今の自分は苦みも味わわずにいられない境遇にある。

「横浜なら二泊もすれば十分でしょう？　一緒に行ける人は誰もいないの？」

「それがね、清子さんの子どもは久美ちゃんの旦那《だんな》さんひとりながよ。その旦那さんと息子は床屋が忙しい。久美ちゃんは実家の両親の介護でバタバタ。娘はふたりおるけど、ひとりは保健所で働いていて、もうひとりは看護師さん」

思わず「ああ」と声が出た。介護、保健所、看護師、それは忙しいだろう。

「床屋さんもダメなの？　親子でやっているのに」

「コロナで経営が苦しゅうなって、高齢者施設に出張するようになったがやと。急な依頼が入ったときも、父と子のふたりおったら店を閉めずにやりくりできるやろ。どちらかが欠けると予定を入れづらいがよ。今が頑張り時だからって、久美ちゃんも言いよった」

頑張れずに倒産した会社と、人員整理をした会社を知っている明穂には、返す言葉がなかった。倒産したのは新卒で入った輸入家具を扱う新興会社だった。無理な事業拡大と無謀な広告費倍増に、売り上げが追いつかず経営を圧迫。不渡りを出し、社員二十五名は放り出された。

高知の高校を出て東京の大学に進んだ明穂はそのとき二十六歳。路頭に迷ってもいられず、そこそこの英語力をアピールして旅行代理店に職を得た。契約社員という雇用形態だったがふつうに働いていればすぐ正社員だと言われ、国内旅行を扱うカウンター業務に就いた。

そんな最中《さなか》のコロナ禍だ。旅行業界も契約社員もひとたまりもなかった。切り捨てられ無職になり、しばらくは短期のアルバイトで食いつないだが貯金残高は減る一方。去年の夏、やっと諦《あきら》めがついた。

「それでね、久美ちゃんから、旅行会社に勤めていたアキちゃんならうってつけだと言われたがよ」

「私がやってたのはカウンター業務だから、添乗員とはちがうよ」

「うそ。日帰りも一泊旅行もやったようなこと言いやせんかった？」

「最初の頃にちょっとね。本物の添乗員さんのお手伝い」

「それで十分よ。何もないよりずっとマシ。とにかくやってみたらええがよ。高知から横浜への二泊三日、おばあさんを連れての個人旅行。もちろん報酬が出るで」

「いくら？」

母親は両手の指をパッと広げた。

「十万！」

旅行にかかる諸経費とは別に、三日間の日当として付添人に支払われるそうだ。

この先、いつ仕事にありつけるかわからない。地方都市でも職探しは困難だ。地方都市だからこそと言う人もいる。実家にいても貯金は減っていく。

それらを思うと明穂に選択の余地はない。東京を引き払ったときと同じだ。選びようのない迷路にどんどんはまり込んでいる。

平野《ひらの》清子さんの住まいは、同じ高知市内、鏡《かがみ》川を渡った梅《うめ》の辻《つじ》にある。電車道路に面した「ヒラノ理髪店」の二階部分だ。九年前に旦那さんが亡くなってからひとり暮らしだそうだが、ひとり息子である幸作《こうさく》さん一家が徒歩圏に住んでいる。明穂の母の友だち、久美子おばさんは幸作さんの奥さんだ。

初めてご挨拶《あいさつ》にうかがったのは母から話を聞いた一週間後。一緒に行くという母を振り切り、ひとりで向かうと店の前に久美子おばさんが待ち構えていた。面識があったので、「すっかり綺麗《きれい》になって」というお世辞にも「いえいえ」と鷹揚《おうよう》に返せた。挨拶もそこそこに、理髪店のとなりにある喫茶店へと連れて行かれる。奥のソファ一席に白髪をふんわりまとめたおばあさんが座っていた。小柄で、満月のような丸顔。大らかな明るい笑みをにこにこ浮かべている。いっぺんで親しみを覚えてしまうような気取りのなさだ。

久美子おばさんはさかんに「お母さん」「お母さん」と話しかけ、明穂のことを「気立ての優しい女の子」「勉強ができて優秀」と持ち上げた。清子さんを安心させたいらしい。それに気付いて、明穂も「いえいえそんな」と謙遜しながら微笑んだ。

最初はもじもじしていた清子さんだったが、横浜の観光マップを広げると身を乗り出した。老眼鏡をかけてのぞき込む。桜木町《さくらぎちょう》、関内《かんない》、伊勢佐木町《いせざきちょう》、山手《やまて》、本牧《ほんもく》。明穂が声に出して地名をあげていくと、清子さんの垂れ下がった目はさらに細まった。

「どこに住んでらしたんですか」

「元町《もとまち》のはずれながよ」

照れたように肩をすくめる仕草が、はるか年上ながら可愛らしい。

「私がご一緒してもよろしいですか」

「行けるろうか。飛行機なんてまっこと久しぶりやき」

「ぜひよろしくお願いします」

話しているうちに仕事の感覚を思い出し、旅行日程も作らせてほしいと願い出た。経費についての見積書も用意したい。

久美子おばさんも清子さんも喜んでくれたので、ホテルや航空機についてはかつての職場や人脈を頼ってみた。失業の憂き目に遭った明穂なので、相談すると便宜を図ってくれる人もいて、通常よりも高い割引を受けられることになった。

何度かの打ち合わせを経て、高齢者に無理のない二泊三日の行程もできあがり、ホテルや航空機の予約もすませた。四月下旬の新緑の候、はりまや橋のバス停には清子さんと、幸作さん久美子おばさん夫婦、孫の翔一《しょういち》くんも見送りに来てくれた。

朝の八時半なので店の開店前だそうだ。くれぐれもよろしくとお願いされ、清子さんの荷物を受け取る。明穂は大型のスーツケースを持ってきたので、空港に着いたら一緒に入れて、搭乗する飛行機に預ける予定だ。清子さんはできる限り身軽でいてもらう。

その清子さんは丈の長いチュニックにズボンをあわせ、足下はウォーキングシューズ。ブルゾンを羽織り、ショルダーバッグを斜めに掛けていた。薄化粧のおかげで顔も明るい。体調も万全のようだ。

「はしゃぎすぎて転ばんように」「なんでも明穂さんに相談してね」「横浜も晴れちゅうみたいで」、そんな言葉に見送られ、明穂と清子さんは大型バスに乗り込んだ。高知龍馬《りょうま》空港までは渋滞に引っかからなければ三十分ほど。

窓際に座った清子さんは背もたれから体を起こし、過ぎ去る高知の風景をじっと眺めていた。家族に手を振っているときは満面の笑みを浮かべていたのに、バスの中ではやけに静かだ。緊張しているのかもしれない。久しぶりの遠出だ。

明穂の視線に気付いたのか、清子さんがこちらを向いた。すかさず笑いかける。

「バスや飛行機の中ではゆっくりしてください。私は起きてますので、寝過ごす心配はないですよ」

「そうやね。昨夜はよう寝られんかったがよ。けんど向こうに着いたらシャキッとするき。アキちゃんも遠慮せんと休んでねえ」

「ありがとうございます。私も久しぶりの飛行機でちょっと興奮してます」

あらそう、ちょっとだけですよ、八十歳のおばあと同じやね。そんな話をしているうちにもバスは南国《なんこく》市に入り、前方の空を旅客機が斜めに上昇していくのが見えた。

一日目の日程は高知龍馬空港を十時半に出る便に乗り、羽田《はねだ》空港に十二時着。手荷物などを受け取るのに時間がかかるため、空港内で昼食。その後、京急《けいきゅう》線で横浜駅に出て、JRに乗り換え桜木町に向かう。ホテルの候補はいろいろあったが、幸作さんたちと相談し、利便性や値段、レストランからの眺めなどを考慮して桜木町駅に隣接したホテルを予約した。宿泊は別の部屋でかまわないと言われ、シングルを二部屋取って二連泊だ。

立ち寄ってスーツケースを預けるとすでに午後三時になっていた。杖《つえ》もなく歩ける清子さんはお年の割に健脚だが、ペースは遅いのでどうしても時間がかかる。それを見越してのスケジュールなので大らかに構えなくては。相手に合わせてのアテンダントだ。

ホテルのロビーからはみなとみらいの全景が見渡せ、名物になっている大観覧車が目の前。ヨットの帆を思わせるインターコンチネンタルホテルもよく見える。清子さんはロビーの椅子に腰かけ、物珍しそうに目を凝らしていた。再開発されすっかり様変わりした地区なので、昔と変わらないのは南に拓けた海くらいだろう。

清子さん、と明穂は話しかける。

『みなとみらい』と名付けられたエリアです。テレビドラマのロケによく使われますし、新しいものもまだまだ作られています。右下を見てください。ほら、ゴンドラが動いているでしょう？　最近できたばかりのロープウェイです」

「へえ。山ん中でもないのに、こんな町中に」

「ですよね。桜木町駅から海のそばにある商業施設の前まで。距離も短いんですよ。空中散歩みたいな感じでしょうか」

「空の中やのうて、夢ん中におるみたい」

「横浜は人気の大都会なので、いろんな手が入りどんどん変わっていきますね。高知はぜんぜん変わりませんけど」

　ついぼやいてしまうと、清子さんは楽しげに笑った。人なつこくて温かみがあって、くつろがせてくれる笑みだ。旅行の計画を立てるために何度かヒラノ理髪店に通うと、常連客からも「おばちゃんを頼むで」「楽しませてあげてや」と声をかけられた。昔から働き者で面倒見がよく、お日様みたいな笑顔にみんな癒《い》やされてきたそうだ。中には保育園の頃から髪を切ってもらっていたというおじさんもいて、手作りのキャラメルをよくもらったと感慨深げだった。

「高知も久しぶりの人が来よったら、変わって見えりゃーせんかねえ」

「ああ。かもしれません。昔はイオンもありませんでしたし」

「デパートはもっとあったがよ」

「あと五十年もしたら、高知にもこんな場所ができたりして」

「それはないろう。観覧車はあるかわからんけど、背の高いビルばあ、こんなにいらんが」

　もっともなことを言いながら清子さんが腰を上げたので、ホテルの外に出た。散歩がてらしばらく歩き、ランドマークタワーの近くにある地下鉄駅を利用して元町・中《ちゅう》華《か》街《がい》駅に向かう。一日目で唯一の観光地訪問だ。

「中華街は昔もありましたよね」

「南京《なんきん》町って言うたがよ」

「それ、本場っぽくていいですねえ。中華料理は召し上がっていましたか」

「ときどきね。ラーメンも炒飯《チャーハン》もおいしかったけど、南京町には豚を吊《つる》した店もあってこわかったちゃ」

日が暮れるのは遅くなっていたが、五時を過ぎるとどの店もきらびやかな照明に照らし出され、原色の華やかさに彩られた。ショーウィンドーの中はどこもかしこも中華料理のてんこ盛り。店頭に置かれた蒸籠《せいろ》からは湯気が立ち上り、呼び込みが行き交う人々に声をかける。肉まん、小籠包《ショーロンポー》、フカヒレスープ、ごま団子。メイン通りも脇に延びる小道も店舗で埋め尽くされ、異世界に彷徨《さまよ》い込んだような錯覚を味わう。

清子さんは呼び込みにすぐ引っかかり、肉まんも小籠包も買いそうになるので目が離せない。メニュー片手の客引きを断っている間にも姿が見えなくなり、近くの食材店でやっと見つけた。生麵《なまめん》やザーサイに引かれたようだが、要冷蔵だと店から直送した方がいい。それを言うと干したきくらげや貝柱、袋入りの甘栗などを選び直す。

買い物に付き合ってから、目星を付けていた飲茶《ヤムチャ》の店に入った。点心をいくつか頼んでひと息つく。清子さんがいた頃に比べ、中華街は別の町と見まごうほど大きくなったらしい。目に移るすべてが珍しくて、面白くて、怪しくて、自分が小さな子どもになった気分だったと言う。途中で撮った写真を見せると、笑ったり驚いたりと忙しい。写真の中の清子さんも表情豊かで、きらびやかな原色の街に負けてない。

さっそく久美子おばさんとのＬＩＮＥに送った。ピータンの添えられた中華粥《がゆ》を食べる頃、「ＯＫ」や「やった！」のスタンプが返ってくる。高知の人たちにも大受けだ。


一日目は移動と中華街散策しかできなかったが、翌日の二日目は満を持しての観光ツアー。この旅行の目玉とも言える一日だ。

前夜は早く寝てもらったので、朝の八時に清子さんの部屋に行くとすでに身支度を調えていた。明るい若草色のサマーニットが春らしい。メイクはまだだったので、お手伝いしましょうかと話しながら部屋を出てエレベーターに乗った。

和洋食ビュッフェが用意された朝食会場は、大きなガラス窓に囲まれ、みなとみらいが一望の下だ。ロビーフロアとは角度がちがうので、案内してもらった窓際の席からは陽光に輝くベイブリッジが見えた。

清子さんはパンがいいというので、それぞれスクランブルエッグやソーセージ、ロールパンやクロワッサンを取って席に戻る。サラダや飲み物は好みを聞いて明穂が運んだ。洗練されたインテリアもスタッフたちのホスピタリティも申し分なく、久しぶりに解放感を味わう。身も心も軽くなる。

朝食は時間をかけてゆっくり食べた。十時前にホテルを出て、午前中に元町界隈《かいわい》を散策する予定だ。カフェで休憩したのち、タクシーを利用して坂道を上がる。山手の外国人墓地や洋館を少し巡り、港《みなと》の見《み》える丘《おか》公園へ。風景を楽しんでから再びタクシーに乗って山下《やました》公園の近くで昼食。午後は遊覧船に乗るのがプランのひとつだが、清子さんの気分次第で、伊勢佐木町や野毛山《のげやま》動物園、三溪園《さんけいえん》などに足を延ばしてもいい。

食事の終わった皿を片付けてもらい、予定表やら観光マップやらをテーブルに開く。

「お天気でよかったですね。今日はところどころで歩きますが、休憩したくなったらいつでも言ってください」

元町のしゃれたカフェを検索しながら顔を上げると、清子さんは晴れやかとは言いがたい表情で窓の外を眺めていた。おいしそうと言ってくれたイチゴやキウイも手つかずのままだ。

「清子さん？」

明穂が呼びかけると、しばらくしてから「私ね」と返ってきた。

そのまま無言だ。

「どうかしましたか」

「観光は、ええがよ」

「は？」

とまどう明穂に真剣な顔で続ける。

「今日の観光はやめとく」

予期せぬ言葉であり、想像すらしたくなかった言葉だ。これまで打ち合わせは何度となく重ねてきた。思い出の場所や懐かしい風景をあげてもらい、取捨選択をくり返し、坂道の傾斜や階段の有無を確認し、空《す》いていそうな喫茶店も調べた。介護福祉士の資格を持っている友だちに、高齢者と行動を共にするときの注意点も教えてもらった。

自分なりに最善を尽くしたつもりだったので、なぜどうしてと声を荒らげたくなったが、それを抑えて一呼吸おく。実の祖母相手だったら、まちがいなくふくれっ面になっていただろう。

「急にどうしたんですか。何かありましたか」

「ほんとうはずっと気が進まんかったがよ。けんど幸作らぁが言ってくれるき、断れんかった。ごめんね。アキちゃんはいろいろ考えて、用意してくれちょったのに」

「いえ、その、私はいいんですけれど」

ちっともよくないけれど流れでもって口にする。頭の中では必死に考えを巡らせていた。数少ない添乗員補助の経験からすると、ツアーの参加者にはありとあらゆるタイプの人がいて、予想外のことは場所も時間も選ばず勃発《ぼっぱつ》する。無理難題は思いがけない人からも飛び出す。そんなときどうすればいいのか。先輩は、なんと言ったか。

三十代後半という、笑い声がなかなか豪快だった先輩を思い出し、「そうだ」と心の中で声をあげる。相手の話をまず聞けと教えられた。要望や訴えに耳を傾け、内容をできうるかぎり正確に把握する。把握しようと努力する。そして無理強いするより、こちらが諦《あきら》める。譲れないぎりぎりまで譲歩する。優しく誠意を持って丁寧に。そうすることで、譲れないぎりぎりの重さを相手にわかってもらう。

「気の進まない理由を、聞かせてもらえませんか」

返事はない。

「さっきも言ったとおり、今日はお天気もいいですし。予定やプランはさておいて、少しお散歩くらいしてみませんか。風に当たるだけでも気持ちいいと思いますよ」

諦めるべきなのか。でもそれなら清子さんは今日一日、どう過ごすつもりだろう。ホテルにいるのか。それとも、飛行機の便を早めてもう帰るつもりなのか。明穂の中に「仕事失敗」という黄色信号がともる。十万円の報酬が頭をよぎる。こちらの落度ではないので減らされずに出るかもしれないが、受け取れないくらいの失望感が広がる。清子さんにではなく、自分自身に。

覚えのある凹みだった。高知を出て東京の大学に入り、北欧家具を学ぶサークルはぬるくて物足りなかったけれど友だちも数人でき、留年することなく四年で卒業した。

その後は希望していた仕事に就いて海外出張などもこなしていたのに。結果的にすべてを捨てざるを得なかった。自分の給料で買い足していった生活用品を、手放した日が蘇《よみがえ》る。冷蔵庫、電子レンジ、鍋《なべ》、食器、カーテン、ラグマット。

「私は昨日の中華街で十分やき。今日はここにおる。アキちゃん、どこか見たいところがあったら出かけてええがよ。若い人には行きたいところがあるろう。幸作らぁにはいろんなところに連れて行ってもろうたと言うとくき」

穏やかな声に引っ張られて顔を上げた。いつの間にかうつむいていたらしい。清子さんは宥《なだ》めるような目をしていた。おそらくとても情けない顔をしているにちがいない。

黙っているわけにもいかず、言葉をひねり出した。

「お気遣いさせてすみません。私の方が気配りしなくてはいけないのに。今思えば清子さん、ときどき困った顔をしてましたね。どこに行きたいかうかがったときも、積極的におっしゃらず。あのときもっと話をしておけばよかったです」

久美子おばさんたちは善意の塊だった。みんな、おばあちゃんの望みが横浜行きだと信じて、なんとか叶《かな》えたいと一生懸命だった。旅費も明穂に支払う報酬も、息子夫婦だけでなく孫たちからも出ている。清子さんがやんわり尻込《しりご》みしても、遠慮しなくていいと励まし、楽しみだねと繰り返す。断れなかったというのは端で見ていたからこそよくわかる。

「私がもっとちゃんと清子さんの気持ちを聞いて、久美子おばさんたちに伝えていたら……」

そうすればどうだっただろう。話し合いがきちんとなされていれば、高知から出る前に仕事は終わっていたのだ。飛行機にも乗らず、このホテルにも泊まっていない。洗練された都会の朝食風景に酔いしれていた自分が滑稽《こっけい》だ。

「あんなあ、行きたいとこなら、ひとつだけあったがよ」

言われて、明穂はぼんやり宙を彷徨わせていた視線を清子に向ける。

「どこですか？」

「二俣川《ふたまたがわ》とか瀬谷《せや》とか。そういうところ」

「横浜市内ですよね」

思わず勢い込んで返す。北海道とか沖縄ではなくて胸をなでおろす。

「たしか相鉄《そうてつ》線だったかと。ここからすぐですよ」

「そうかね。せんゆうじさんってとこながよ。泉に有るに寺」

スマホで検索すると、すぐにそれらしいお寺が表示された。

「二俣川からバスのようですが。今から行ってみますか？」

「ええが？」

「もちろんです。ご案内させてください」

よかった。とにかく今日の行き先が得られてよかった。

広げた地図や日程表を片付けるときは少し胸が痛んだが、怪我や病気といったアクシデントとはちがう。先輩の添乗員が言っていた「譲れないぎりぎり」の線とは、お客さまの安全が危ぶまれる変更だった。それではなく、少しは希望に添った場所に行けるかもしれない。

水平線の明るさに背中を押される思いで明穂は笑みを浮かべ、もったいないきとイチゴを口に入れる清子さんを見守った。

桜木町駅からJRで横浜駅に出て、相鉄線に乗り換え、各駅停車なら九駅、快速なら四駅で二俣川駅に着く。乗り換えアプリを見れば二十分足らずと表示されたが、清子さんと一緒なので小一時間はかかるだろう。支度をしていると、お花とお線香を持っていきたいと言われ、下車駅である二俣川駅の改札口を出たところで調達した。

バスを待っているときに、両親と弟のお墓があると話してくれた。路線バスに乗って五つ目のバス停で降りる。お寺はすぐ目の前。広い駐車場が併設され、大きな山門のある立派なお寺だった。境内に入ると段差のない参道が延びている。清子さんには覚えがあるようで、「こっちこっち」と建物の脇を抜け、お墓の広がる場所に明穂を連れていった。

お参り用のバケツが置いてある水場があったので水を汲《く》もうとすると、お墓はもうないかもしれないと言う。あったら戻ってきてと頼まれ、先に墓石の並ぶエリアに入っていく。

雑木林に覆われた小高い山の際まで墓地は広がっていた。この中に、あるかどうかもわからないお墓が探せるだろうかと危ぶんだが、あずまやの近くにあったそうだ。清子さんの記憶を頼りに、細い小道をゆっくり進む。無数に重なる卒塔婆《そとば》の向こうに屋根らしきものが見えた。あずまやだ。

「何家のお墓になるんですか」

「三島《みしま》よ」

結婚前の姓らしい。今は「平野清子さん」、かつては「三島清子さん」。

たどり着いたあずまやの近くで手分けして探す。ほどなく清子さんから大きな声が聞こえた。

駆け寄ると、楚々《そそ》とした佇まいのお墓がある。雑草の類《たぐ》いも茂っておらず、卒塔婆はまっすぐ立ち、花入れも綺麗《きれい》だ。墓石は年月を感じさせる古さがあるものの、「三島家の墓」と彫られた文字がはっきり見えた。

「これですか」

「まちがいないき。あったがやねえ」

明穂は急いで引き返し、水を汲んで戻ってきた。墓石にたっぷり水をかけ、買ってきた花を容器に差し、線香に火を付ける。清子さんは目に見えて元気になった。ほんとうに嬉《うれ》しかったらしい。裏を返せば、それだけなくなっていることを覚悟していたのだ。

ひととおりの作業とお参りが終わるとあずまやに移動し、ベンチに並んで腰かけた。たなびく線香の煙をふたりで眺める。

「私が生まれたんは昭和《しょうわ》十四年でね、戦争が終わったときは六歳やった。父は船の厨《ちゅう》房《ぼう》で働く料理人。戦後のごたごたの中、ほんとうはお菓子だけを作りたかったゆうて、元町のはずれに小さな店、『ミシマ洋菓子店』を開いたがよ。アルファベットのMにマーガレットの花を添えたのがトレードマーク。店は朝から晩まで甘い匂いに包まれて、お客さんもそれなりにちゃんとついてね、いちごを飾ったショートケーキもアップルパイもシュークリームもよう売れた。私は生菓子よりも焼き菓子が好きやったけど。クッキーやマドレーヌを今でも夢に見るがよ」

清子さんは中学に上がる頃から店を手伝い、商店街の人たちからも可愛がられ、店を継ぐのは自分だとまわりに言っていた。きょうだいは四つ年下の弟がひとりきりだったので、あんたがお菓子屋さんになりたいのなら、のれん分けしてあげるとお姉ちゃん風を吹かせていた。

けれどそんな清子さんにも転機が訪れる。商店街の床屋で、見習いとして働く男性と出会ったのだ。言葉を交わしていくうちに親しくなり、ときどきは散歩のひとつも行くようになった。伊勢佐木町に映画を見に行ったこともある。山手の丘から一緒に海も見た。

見習いの彼は、独り立ちできるようになったら郷里で店を持つのが夢だと語った。その郷里とは横浜から遠く離れた高知県。清子さんの夢はミシマ洋菓子店を継ぐことだったが、彼と離ればなれの未来も考えられない。二歳年上の彼が帰郷を決意し、一緒に来てほしいと言われたとき、自分の心はすでに決まっていた。

「若気の至りって言葉、知っちゅう？」

「はい」

「あれよ。あれ」

明穂のとなりで照れ笑いを浮かべる清子さんは、皺《しわ》もシミも目立つ八十代のおばあさんながらも、愛嬌《あいきょう》たっぷりで可愛らしい。二十代の頃はもっとだっただろう。

清子さんの両親は娘を手放すのを寂しがったが、その両親にしても当時はまだ若かった。弟は高校生。おれがいるから大丈夫と胸を張り、それを見ながら茶化したり、頑張れと発破をかけたりしているうちにも結婚話は進んだ。

高知に移ってからは、夫が店主となった理髪店を二人三脚でもり立てた。息子が生まれると、その子を育てながらも清子さんは理髪師の免許を取った。

「店を続けていくがは大変なもんやき。常連さんは離されん。新しいお客さんも増やさんといかん。何にでも流行《はや》り廃りはあるろう。ライバルの店までできよるし」

夫婦で頑張っていると、実家の洋菓子店は元町から移転することになった。テナントとして入っていたビルが建て直しになったのだ。元町界隈《かいわい》の地価は上昇の一途をたどり、賃貸料も跳ね上がっていた。折り合いが付かず、紹介してくれる人がいて相鉄線沿線に新しく店を構えることになった。弟は製菓学校を卒業していた。東京にあるレストランで修業していたが、新規オープンに合わせて「ミシマ洋菓子店」で働くようになる。

幸いお客さんがついて店の経営は軌道にのるが、家族総出で切り盛りする中、清子さんの母が脳溢血《のういっけつ》で急逝した。その十三回忌が営まれる頃、弟に進行性の癌《がん》が見つかる。知らせを受けて見舞いに駆けつけると、それが今生の別れになった。五十二歳という若さで弟はこの世を去った。

跡取り息子を亡くした父はすでに八十代。しばらく店の厨房に立ったものの、気力と体力の低下は否めない。ミシマ洋菓子店は静かにその歴史を閉じた。

明穂は清子さんの話を聞いて、しばらく声が出なかった。二十一歳まで仲良く暮らしていた四人家族のうち三人が亡くなり、今はひとり。明穂自身、妹ひとりの四人家族だ。自分がひとりぼっちになる未来を想像して目の前が暗くなった。

自宅で古い写真を見て懐かしさに浸るのとはちがう。清子さんにとって、今の元町や山手を訪ね歩けば、なくしたものの大きさをいやが上にも思い知らされる。愛着があっても、郷愁にかられても、かつての片鱗《へんりん》はおそらくどこにも見いだせない。変わり果てた今の姿を見て、時の流れを嚙《か》みしめるしかないのだろう。どんなに願っても結婚前の「あの頃」には戻れない。

のんびり楽しめと言う方に無理があったのだ。もともと今回の旅で、旧交を温めるようなプランは用意されていない。

「こちらにはもう、お知り合いはいらっしゃらないんですか」

明穂の問いかけに、清子さんはためらいがちに口を開く。

「ほんとうは姪《めい》っ子がおるがよ」

「弟さんのお子さんですか」

「そう。結婚して女の子がふたり生まれてね。でもどっちも店は継がんかったき。今どこにおるのかもわからん」

聞かない方がよかったらしい。

「最後に会《お》うたのは私の父のお葬式のときでね、下の子は結婚して仙台《せんだい》におるとゆうてた。上の子は外国。フランスだかドイツだか。自動車を造る会社やって」

「自動車？　それはまた畑違いな」

「ねえ。年賀状のやりとりはしちょったけど、弟のお嫁さん、あの子たちの母親が亡くなったときに、あいにく私、凍った路地で滑って転んで腰を痛めてしもうてね。お葬式に出られんかった。香典は送ったつもりやったけど。いつの間にか年賀状ものうなって」

味気ない話だが明穂にしても疎遠になっている親戚《しんせき》はいる。遠方に住んでいれば関わり合いがどんどん薄れていく。そんなものだ。仕方ない。よくある言葉がざらついて口の中に残る。

視線の先に人影が現れた。お墓参りに来た人たちだ。清子さんの供えた線香の煙は広がって、あたりをほんの少し霞《かす》ませている。

「悪かったねえ。パッとせん話をさんざん聞かせて。でもここに来られてほんとうによかったちや。お墓も思ったよりずっときれいで安心したき」

「どなたか、手入れしてくれる人がいるんでしょうか」

「覚えてくれちゅう友だちでもおるがねえ。ひとりでもおったらありがたい。眠っている人らぁも寂しくないわ」

自分に言い聞かせるようにして、清子さんは水色の空に目を向ける。穏やかな横顔をしていた。少しは気持ちに区切りが付いただろうか。

時計を見ればすでに十一時過ぎ。

「これからどうしましょう。今日のランチは幸作さんたちがホテルニューグランドに予約を入れてくれたんです。今から行けば間に合いますけど、気が進まないようならキャンセルしますよ。遠慮なくおっしゃってください」

「ニューグランドって、山下公園のところにある?」

「はい。そこに入っているレストランです」

清子さんは小首を傾げてから「行こうかねぇ」とつぶやいた。

「幸作らぁの気持ちやき」

声が柔らかいので、無理しているのではなさそうだ。

「もしよかったらお昼をそこで食べて、ランドマークタワーにでも行きましょうか。ほら、ホテルの窓から見えていた背の高いビル。展望台があるんですよ」

話をしながら立ち上がる。清子さんは名残惜しそうに三島家の墓石に目をやり、ゆっくりとお墓の間の小道を進んだ。水場まで戻ると、そこからはずいぶんしゃきっとして、レストランのあるホテルまでタクシーで行こうと言い出す。自分のバッグから一万円を用意する。交通費はありますと断ったが、払いたいようなのでありがたく使わせてもらうことにした。

　呼び寄せたタクシーに乗り込んで、ニューグランドまで四十分ほど。にぎやかな町中をときどきつっかえながらタクシーは突き進む。ぎゅうぎゅう詰めの家並みも、そびえ立つ巨大なマンション群も、くぐり抜けていく高速道路も、昔の面影をおそらく何も留《とど》めていない。清子さんの実家である洋菓子店は、発展する大都会のうねりに、飲み込まれたと言えるのかもしれない。残れる店の方が少ない。今も昔もそれは同じ。たしかにそうだろうが、もう食べられない味が郷里の味であり、家族の味だと思うと胸が痛む。

　自分のそれはなんだろう。遠ざかってしまった大切な味。脳裏をよぎったのは、ひとり暮らしをしていた町にあった小さなパン屋さんだ。コロッケパンもシナモンロールも大好きだった。

　いつかまた食べられるだろうか。心細く思っているとランドマークタワーが見えてきた。海岸通りの手前で右折する。そこから十分足らずでもうホテル。正面玄関に横付けされた。

　横浜の開港翌年にあたる1860年に、初めて西洋式のホテルが開業した。それ以降、居留地を中心に著名なホテルが十軒ほど造られたそうだが、関東《かんとう》大震災ですべて倒壊した。横浜の被害も甚大だったのだ。

復興のために貿易再開は急務となり、ホテル建設も必須《ひっす》。横浜の政財界が力を結集して1927年、完成にこぎ着けたのがホテルニューグランドだ。災禍により失われたホテルの伝統と格式を継承し、山下公園に臨む一等地に地上五階建て、客室数四十九で創業した。喜劇王チャップリン、アメリカの野球選手ベーブ・ルース、占領軍の総司令官だったマッカーサーなどが宿泊したことでも有名。

第二次世界大戦後に米軍に接収されたが1952年に解除され、それはまだ清子さんがこちらにいるときでもあった。

タクシーから降りると清子さんは歩道に立ち、ホテルの全景を見渡した。クラシカルな外観は格式の高さを感じさせるが、大がかりな車寄せや前庭はなく、正面玄関は歩道からほんの数段、階段を上がった先にある。東京の大規模ホテルや迎賓館に比べるといささか物足りなく思った明穂だったが、清子さんと共に建物内に入ったとたん「わあ」と声が出た。絨毯《じゅうたん》の敷かれた大階段がまっすぐ厳かに二階に延び、装飾のほどこされた吹き抜けの天井を、四角い柱がしっかり支えている。

見とれているうちに、百年近い歴史の重みが自分の肩に降りてくるような気がした。押さえつけるような強さはなく、長い歳月の多くの物事をすべて受け止めてきたような度量を感じる。どちらかといえばおとなしい装飾なのに、天井から下がるシャンデリアから階段の手すりまで静かな威厳に満ちている。

幸作さんたちが予約してくれたのは本館一階にある「ザ・カフェ」という店だ。名前だけ聞くと飲み物や軽食の店という感じだが、入り口のスタッフに声をかけてフロアに入るとどこを見てもクラシカルで上品なレストランの趣だ。明穂たちは窓際の席に案内された。ついさっきタクシーを降りた海岸通りに面している。銀杏《いちょう》並木の向こうは山下公園だ。新緑の合間から公園散策を楽しむ人影が見える。

「お料理は何を召し上がりますか。予約は席だけなので、食べる物はメニューから選んでください」

明穂はそう言って清子さんの前に広げた。

「ここはドリアやナポリタンが有名だそうですね。ガイドブックに書いてありました」

「そうね。結婚する前に、みんなでここに来たがよ」

「みんなで？」

両親と弟と結婚相手だそうだ。庶民が気軽に入れないような高級レストランだったので、近所だというのに精一杯おめかしして初めて訪れた。結婚式は高知であげたので、一足先に帰郷する結婚相手をまじえての、貴重なお祝い会だったらしい。

清子さんの笑顔につられて明穂も微笑んだが、そのときの顔ぶれの中で今いるのは清子さんだけだ。あとの四人は亡くなっている。

それに気付いているのかいないのか、清子さんは老眼鏡をかけてメニューをじっくり眺め、「ナポリタン」と言った。

「あのときもナポリタンを食べたような気がする。味は覚えちゃあせんけど」

「それなら私はドリアにします。海老《えび》、大好きなんです」

ナポリタンは二代目総料理長が生み出したメニューで、アメリカ兵がゆでたスパゲティにトマトケチャップを絡めて食べているのを見て、レストランで出すのにふさわしいものをと考案したそうだ。ニンニクやタマネギをよく炒《いた》め、ホールトマトやトマトペーストと共にじっくり煮込んで特製ソースを作り、スパゲティにあえる。今ではありきたりとも言える調理法だが、初めて作ったのが二代目総料理長であり、「スパゲッティ ナポリタン」と命名した。

清子さんの目の前に運ばれてきたそれを見て、とてもシンプルな姿形に明穂は感嘆した。太すぎない麵《めん》に、濃すぎないトマトソースが過不足なく絡んでいるのがよくわかる。具材はマッシュルームとハム。刻んだパセリが振りかけられアクセントになっている。白いお皿によく映える。

熱いうちに召し上がってくださいとすすめる。

「いかがです？」

「おいしい。上品なお味ですごく食べやすいちゃ」

別の皿に粉チーズも用意されていたので、途中でそれをたっぷりかける。コクが増してトマトの酸味よりもニンニクやタマネギの風味を引き立てるという。マッシュルームもぷりぷりしていて味も食感も心地よいらしい。

明穂の前にはドリアがやってきた。

こちらは初代料理長の考案で、ホテルに滞在していたお客さんが体調をこわし、のどの通りの良いものを食べたいとリクエストされ、即興で作ったものだそうだ。バターライスの上に海老のクリーム煮をのせ、ホワイトソースをかけてオーブンで焼いた。好評だったので「シーフードドリア」としてレギュラーメニューに加わった。

チーズの焦げ目に食欲をそそられつつスプーンを入れる。海老もホタテもたくさん入っているので、ひと匙《さじ》目から豪華なことになる。とろりとしたホワイトソースのまろやかなこと。魚介類のうまみを損なうことなく包み込み、バターライスとの相性も抜群だ。チーズの塩気がほどよい変化をつける。のどごしが柔らかで滋味深い。

「こちらもすごくおいしいです。幸せです」

「食べ物屋さんってええねえ。たちまち笑顔になるお客さんが見られて」

「床屋さんもじゃないですか」

「ちょっと気取った笑顔ね。自分の顔を見ながらやき、うっとりはようせん」

清子さんのおしゃべりが明るく弾んでいるので、気持ちが軽くなりスプーンもフォークもなめらかに動く。食べ終えてコーヒーを頼んだ。

元気が出たようなのでランドマークタワーからの眺めも楽しいかもしれない。ロープウェイもどうだろう。そんなことを考えていると、中年の女性がふたり、スタッフに案内されてテーブルにやってきた。とまどう明穂に会釈したのち、女性たちは清子さんに向かって「おばさん」と声をかける。

「すっかりご無沙汰《ぶさた》してます」

「お久しぶりです。私たちのこと、覚えていますよね？」

清子さんはふたりを見比べ、口をぽかんと開けてから言った。

「広海《ひろみ》ちゃん？　それに美帆《みほ》ちゃん？」

知り合いだとわかり、明穂は立ち上がって自分のシートを譲った。清子さんのとなりに移動する。ふたりは明穂にも挨拶《あいさつ》してくれた。

「私たち、おばさんの姪《めい》なんです」

「でしたら清子さんの弟さんの、お嬢さん？」

「嬉《うれ》しいわ、お嬢さんだなんて」

「もう六十よ」

背が高く痩身《そうしん》の広海さんがお姉さん。六十歳らしい。妹の美帆さんは丸顔でぽっちゃりしている。清子さんに似ているような気がする。でも、どうして今ここに。

「幸作さんから連絡をもらって、このお店に来ることを約束してたの」

「ぜんぜん知りませんでした」

言ってくれればいいものを。あやうくキャンセルするところだった。

「必ず来るつもりだったけど、何があるかわからない世の中でしょう？　万が一にも来られなくなったら申し訳なくて、サプライズにしてもらったの。無事に会えてホッとしたわ」

なるほどとは思う。再会の話があれば清子さんは心待ちにするだろう。叶《かな》わなくなったときの落胆は計り知れない。だとしてもガイド役には教えてほしい。それとも、伝えたつもりだったのか。いろんな人とやりとりしていたので、それぞれ誰かが言ったと思い込んでいたのかもしれない。

「すみません。私たち、先にお昼を食べてしまいました。どうぞお好きなものを召し上がってください」

「ううん、いいの。ランチはすませてきたから。ここではプリンア　ラ　モードを頼もうと思って」

それもまたこの店から生まれたメニューだ。太平洋戦争後、進駐軍の将校夫人たちにと考案されたメニューで、カスタードプディングを中心に缶詰のフルーツ、生のフルーツ、アイスクリームなどが、横長のデザート皿に豪華に盛り付けられている。

ふたりは紅茶やコーヒーと共にそれぞれを注文する。

突然の再会に面食らっていた清子さんだったが少しは落ち着いたのか、水をひとくち飲んでから話しかける。

「あなたらぁには謝りたいとずっと思っちょったがよ。佐紀子《さきこ》さんのお葬式に出られんと悪かったねえ」

美帆さんがすぐに応じる。

「謝るだなんてとんでもない。あのときおばさん、転んで入院されてませんでした？こちらこそお見舞いしなきゃいけなかったのに」

「腰を打っただけやき。入院も念のための一日だけ」

「大怪我じゃなくてよかったです。私もあの頃はいろいろあって。十五年くらい前になりますか」

「美帆ちゃんは今、どこにおるが？　前は仙台とゆうてたね」

「夫が作った小さな会社がうまくいかなくなって、それを整理して関東に戻ってきました。今は相模大野《さがみおおの》にいるんですよ。横浜と同じ神奈川県の」

「あらまあ。ちっとも知らんかった」

「知らせたら心配をかけるだけなので、不義理をしてしまいました。もう大丈夫です。借金もなくなって身も心もさっぱりしたものです」

ほんとうにいろいろあったらしい。「贅肉《ぜいにく》まではさっぱりしてません」と、二の腕をさするくらいには元気なようだ。

「美帆ちゃんの丸いほっぺたが変わってのうてよかったわ。昔のままやき。広海ちゃんはどうしゆうが？」

今度は広海さんが快活に答える。

「私はですね、おばさん。三島の苗字《みょうじ》を守り通しましたよ。結婚せず『三島広海』のまま川崎《かわさき》にいます」

「へえ。前に聞いたときはフランスとか、ドイツとか、そういうところで自動車を造りゆうって」

広海さんは白い歯をのぞかせ手を横に振った。

「造ってはいないです。乗り物全般の、風力抵抗を研究してるんですよ。今でもぼちぼちと」

横から美帆さんが「大学の先生なんです」「三島家っぽくないですよね」と混ぜっ返す。

「それはまた立派な。まっこと誰に似たがかね」

清子さんは感心した様子で首を振ってから、ハッとする。

「もしかして、二俣川のお墓を見てくれよったのは広海ちゃん？」

「いらしたんですか」

「午前中に行ってきたがよ。お墓そのものが、のうなっちゅうかと思ってたら、きれいに手入れされちょった」

「ありがとうございます。たまにですけど草むしりや水やりはしてるんですよ。お墓のことはお任せください。おばさんも、入りたくなったらいつでもどうぞ」

あっけらかんと言われ、その意味をたどってみんなふき出した。清子さんも体を揺らして笑う。

飲み物が運ばれてきた。砂糖やミルクをそれぞれ入れたり入れなかったりしていると、美帆さんが膝《ひざ》に置いていた紙袋を持ち上げた。「あのね」と小さく言ってから、「おばさん」と呼びかける。

清子さんは気付かなかったようなので、明穂は軽く腕を叩《たた》いて前を向くよう促す。

「今日は私から贈り物があるの。受け取ってね」

紙袋の中からリボンのかかった箱が現れた。週刊誌大の長四角だ。テーブルの上にそれを置き、そっと前に押し出す。箱は包装紙に包まれていた。白地に「M」の文字と小花があしらわれている。優雅で可愛らしく小粋。今風というよりレトロモダンというのだろうか。

清子さんは息をのみ、震えた。

「どうしたんですか、清子さん」

「だってこれ」

わななく指先が伸び、おそるおそる箱に近づく。触れる少し手前で止まり、指を丸める。触ったら夢が覚めてしまうとでも言いたげに。

「やっぱりおばさんは覚えているわよね、本物の包装紙よ。お店を閉じるときにもらったの。何度も引っ越ししたけれど、これだけはなくさないよう大事にしまっておいた」

美帆さんの言葉に、清子さんは大きく息をつき、意を決したように箱に手を置いた。たぐり寄せようとして「あら？」という顔になる。明穂が「どうしたんですか」と尋ねると、「空っぽじゃない」と。美帆さんが誇らしげな顔でうなずく。

「中身も入っているの。包装紙と一緒に、おじいちゃんからレシピを譲り受けたから。家のオーブンではお店とまったく同じにはならないけど、腕が落ちないよう、年に何回かは必ず作ってた。さっき広ちゃんに試食してもらったら、まあまあOKって。だからおばさん、これをお土産に持って帰ってね。高知の皆さんに、『ミシマ洋菓子店』の焼き菓子を食べてもらってね」

清子さんは両手で顔を覆った。背中を丸める。しゃくりあげて嗚咽《おえつ》を漏らす。明穂は急いで鞄《かばん》からハンカチとティッシュを取り出した。手渡して背中をさする。切れ切れの声で、「まるで夢を見ゆうみたい」という。「夢なら覚めんでほしい」と。

「現実ですよ。また、ミシマ洋菓子店の味が食べられますよ」

明穂も泣けてしまう。胸がいっぱいになり苦しい。目の奥が痛い。もらい泣きだけでなく、こみ上げるものがあった。誰もがさまざまな波に揉《も》まれ、翻弄《ほんろう》され、不本意な選択を強いられるときがある。自分の力不足に打ちのめされることもある。多くのものを手放し、見失い、自責の念にかられたりもする。

けれどそれだけではないのだと、目の前の四角い菓子箱が教えてくれる。誰かに励まされることがある。誰かを笑わせることもできる。いつでも小さな積み重ねが未来を開く。清子さんが子どものお客さんに渡した手作りキャラメルのように。旅の途中にその話をすると、忙しい中、唯一作れた懐かしい味だと言っていた。ささやかなひと粒は目の前の箱にきっと繋《つな》がっている。

ふたりで盛大に涙を拭《ぬぐ》っていると、いつの間にかテーブルにプリンアラモードが来ていた。小皿とフォークが明穂たちの前にも置かれる。

「一緒に食べましょう」

「おばさん、何がいい？」

プリンやアイスクリーム、果物が取り分けられる。

午後の予定は決まっているのかと尋ねられ、清子さんの顔を見ると、にわかに「外国人墓地」と答える。

「丘の上から海も見たいちゃ。そして元町を歩いて」

「わあ、行きたい行きたい。久しぶり」

「私たちもお付き合いします」

明るいやりとりと共に、甘く冷たいアイスクリームが明穂の喉《のど》を滑る。

飾り切りされたリンゴを齧《かじ》ると、心地よい風が自分の中を吹き抜けた。

本書は文庫オリジナルアンソロジーです。

おいしい旅《たび》

想《おも》い出編《でへん》

秋川滝美《あきかわたきみ》／大崎　梢《おおさきこずえ》／柴田《しばた》よしき／
新津《にいつ》きよみ／福田和代《ふくだかずよ》／光原百合《みつはらゆり》／矢崎存美《やざきありみ》

アミの会《かい》＝編

令和4年 7月25日　初版発行
令和6年 2月10日　5版発行

発行者●山下直久

発行●株式会社KADOKAWA
〒102-8177　東京都千代田区富士見2-13-3
電話　0570-002-301（ナビダイヤル）

角川文庫 23249

印刷所●株式会社KADOKAWA
製本所●株式会社KADOKAWA

表紙画●和田三造

●お問い合わせ
https://www.kadokawa.co.jp/（「お問い合わせ」へお進みください）
※内容によっては、お答えできない場合があります。
※サポートは日本国内のみとさせていただきます。
※Japanese text only

ISBN 978-4-04-112597-7　C0193

角川文庫発刊に際して

角川源義

第二次世界大戦の敗北は、軍事力の敗北であった以上に、私たちの若い文化力の敗退であった。私たちの文化が戦争に対して如何に無力であり、単なるあだ花に過ぎなかったかを、私たちは身を以て体験し痛感した。西洋近代文化の摂取にとって、明治以後八十年の歳月は決して短かすぎたとは言えない。にもかかわらず、近代文化の伝統を確立し、自由な批判と柔軟な良識に富む文化層として自らを形成することに私たちは失敗して来た。そしてこれは、各層への文化の普及滲透を任務とする出版人の責任でもあった。

一九四五年以来、私たちは再び振出しに戻り、第一歩から踏み出すことを余儀なくされた。これは大きな不幸ではあるが、反面、これまでの混沌・未熟・歪曲の中にあった我が国の文化に秩序と確たる基礎を齎らすためには絶好の機会でもある。角川書店は、このような祖国の文化的危機にあたり、微力をも顧みず再建の礎石たるべき抱負と決意とをもって出発したが、ここに創立以来の念願を果すべく角川文庫を発刊する。これまで刊行されたあらゆる全集叢書文庫類の長所と短所とを検討し、古今東西の不朽の典籍を、良心的編集のもとに、廉価に、そして書架にふさわしい美本として、多くのひとびとに提供しようとする。しかし私たちは徒らに百科全書的な知識のジレッタントを作ることを目的とせず、あくまで祖国の文化に秩序と再建への道を示し、この文庫を角川書店の栄ある事業として、今後永久に継続発展せしめ、学芸と教養との殿堂として大成せんことを期したい。多くの読書子の愛情ある忠言と支持とによって、この希望と抱負とを完遂せしめられんことを願う。

一九四九年五月三日

角川文庫ベストセラー

向日葵のある台所　秋川滝美

スノーフレーク　大崎梢

RIKO—女神《ヴィーナス》の永遠—　柴田よしき

聖母《マドンナ》の深き淵　柴田よしき

少女達がいた街　柴田よしき

学芸員の麻有子は、東京の郊外で中学2年生の娘とともに暮らしていた。しかし、姉からの電話によって、その生活が崩されることに……「家族」とは何なのか、改めて考えさせられる著者渾身の衝撃作！

亡くなってしまった大切な幼なじみの速人。だが6年後、高校卒業を控えた真乃は、彼とよく似た青年を見かける。本当は生きているのかもしれない。かすかな希望を胸に、速人の死に関する事件を調べ始めるが⁉

男性優位な警察組織の中で、女であることを主張し放埒に生きる刑事村上緑子。彼女のチームが押収した裏ビデオには、男が男に犯され殺されていく残虐なレイプが録画されていた。第15回横溝正史賞受賞作。

一児の母となり、下町の所轄署で穏やかに過ごす緑子の前に現れた親友の捜索を頼む男の体と女の心を持つ美女。保母失踪、乳児誘拐、主婦惨殺。関連の見えない事件に隠された一つの真実。シリーズ第2弾。

政治の季節の終焉を示す火花とロックの熱狂が交錯する一九七五年、16歳のノンノにとって、渋谷は青春の街だった。しかしそこに不可解な事件が起こり、2つの焼死体と記憶をなくした少女が発見される……。

角川文庫ベストセラー

月神《ダイアナ》の浅き夢　柴田よしき

若い男性刑事だけを狙った連続猟奇事件が発生。手足、性器を切り取られ木に吊された刑事たち。残虐な処刑を行ったのは誰なのか？　女と刑事の狭間を緑子はひたむきに生きる。シリーズ第3弾。

ゆきの山荘の惨劇
―猫探偵正太郎登場―　柴田よしき

オレの名前は正太郎、猫である。同居人は作家の桜川ひとみ。オレたちは山奥の「柚木野山荘」で開かれる結婚式に招待された。でもなんだか様子がヘンだ。これは絶対何か起こるゾ……。

消える密室の殺人
―猫探偵正太郎上京―　柴田よしき

またしても同居人に連れて来られたオレ。今度は東京だ。強引にも出版社に泊められることとなったオレはまたしても事件に遭遇してしまった。密室殺人？　本格ミステリシリーズ第2弾！

ミスティー・レイン　柴田よしき

恋に破れ仕事も失った茉莉緒は若手俳優の雨森海と出会い、彼が所属する芸能プロダクションへ再就職することに。だが、そのさなか殺人事件が発生。彼女は嫌疑をかけられた海を守るために真相を追うが……。

聖なる黒夜　(上)(下)　柴田よしき

広域暴力団の大幹部が殺された。容疑者の一人は美しき男妾あがりの男……それが十年ぶりに麻生の前に現れた山内の姿だった。事件を追う麻生は次第に暗い闇へと堕ちていく。圧倒的支持を受ける究極の魂の物語。